W0330739

L'EXÉCUTEUR

RAID SUR LE BAYOU

DISPONIBLES DANS LA MEME COLLECTION

N° 177 : *Danger mortel à Mexico*
N° 180 : *Blitz éclair à Hollandia*
N° 183 : *Les démons du Pacifique*
N° 184 : *Carnage à Waco*
N° 185 : *Plein feu sur Barranquilla*
N° 188 : *Enchères mortelles à Aden*
N° 195 : *Traquenard à Tijuana*
N° 196 : *Razzia au Costa Rica*
N° 197 : *Echec et mat pour un pourri*
N° 198 : *Massacre à Miami*
N° 199 : *Les cokeros de Cochabamba*
N° 200 : *Mourir à Belize*
N° 201 : *Hallali à Cincinnati*
N° 202 : *Le Baiser de la Pieuvre*
N° 203 : *Mortel assaut sur San Diego*
N° 204 : *Le capo de Peshawar*
N° 205 : *Ultime conspiration*
N° 206 : *Frères de sang*
N° 207 : *Le jour du jugement*
N° 208 : *L'As noir de Washington*
N° 209 : *Les bouchers de l'Amazone*
N° 214 : *Les sables de l'Apocalypse*
N° 215 : *Chicago Connection*
N° 216 : *Chasse à l'homme à Houston*
N° 218 : *Marchands de mort*
N° 221 : *Le trésor de la mafia*
N° 225 : *Opération Salvamento*
N° 226 : *Feu d'enfer sur l'Arctique*
N° 228 : *Les diamants de la terreur*
N° 229 : *Le capo de Bornéo*
N° 230 : *Un bain de sang pour Sun Lee*
N° 231 : *Les milliards siciliens*
N° 232 : *Le tocsin argentin*
N° 233 : *Le blitz de Little Havana*
N° 234 : *Les mercenaires de la coke*
N° 235 : *Otage du cartel*
N° 236 : *L'ultime défi*
N° 237 : *Les vampires de Spider Mountain*
N° 238 : *Traque mortelle sur Pa'ahnui*
N° 239 : *Offshore Connection*
N° 240 : *Le Capo et le Monsignore*
N° 241 : *Légitime violence*
N° 242 : *Requiem pour un Monsignore*
N° 243 : *Une peste mafieuse*
N° 244 : *Sang pour sang à San Salvador*
N° 245 : *Les tueurs de Montanitas*
N° 246 : *Pluie de coke sur Ocean Beach*
N° 247 : *Coup de gong pour une triade*
N° 248 : *Sabrer n'est pas jouer*
N° 249 : *Panique à Reynosa*
N° 250 : *Charge sanglante sur Cienfuegos*
N° 251 : *Jackpot à Sun City*
N° 252 : *Boucherie en Colombie*
N° 253 : *Les prédateurs du Rio Grande*
N° 254 : *Entre les griffes du Dragon*
N° 255 : *Les commissionnaires de la mort*
N° 256 : *Main basse sur le Strip*
N° 257 : *Justice à tous les étages*
N° 258 : *Manipulations mortelles*
N° 259 : *Le sang du repenti*
N° 260 : *Le projet Firestorm*
N° 261 : *Sanglant El Dorado*
N° 262 : *Blitz sanglant sur Mazatlán*
N° 263 : *Massacre à Snohomish River*
N° 264 : *Du plomb pour une balance*
N° 265 : *La filière australienne*
N° 266 : *Poker mortel à Chicago*
N° 267 : *Le projet Carnivore*
N° 268 : *Justice mafieuse*
N° 269 : *Prière d'assassiner*
N° 270 : *Enfer de plomb sur l'Oregon*
N° 271 : *Passage en force*
N° 272 : *Narcos story/Traquenard à Tijuana*
N° 273 : *Assaut sur le Cartel*
N° 274 : *Ouragan sur l'Adriatique*
N° 275 : *Sanglant anniversaire*
N° 276 : *Hécatombe mexicaine*
N° 277 : *L'évadé de Pelican Bay*
N° 278 : *Vodka glacée à Boston*
N° 279 : *Le revenant d'Atlantic City*
N° 280 : *Requiem pour mazepa*
N° 281 : *Pluie de sang sur San Juan*
N° 282 : *V comme vengeance*
N° 283 : *K.-O. sanglant à Philadelphie*
N° 284 : *Le Yakusa blanc*
N° 285 : *les cercueils de Cape Liberty*
N° 286 : *Les chiens de Piedras Negras*
N° 287 : *Le pourri des Highlands*
N° 287 : *Le pourri des Highlands*
N° 288 : *La marque du diable*
N° 289 : *Série noire pour cols blancs*
N° 290 : *A tombeau ouvert*
N° 291 : *Tuerie à Dayton*
N° 292 : *Fin de partie pour un mafieux*
N° 293 : *Saut d'enfer sur Las Vegas*
N° 294 : *Archives de sang*
N° 295 : *Nevada Story*
N° 296 : *Dans la peau d'un mafieux*
N° 297 : *Du sang sur la frontière*
N° 298 : *Zoulou Connection*
N° 299 : *Chaos à Vancouver*
N° 300 : *Le réseau Phénix*
N° 301 : *Les eaux froides d'Arkhangelsk*
N° 302 : *Piège de cendres à Fukushima*
N° 303 : *Le clan albanais*
N° 304 : *Massacre à Ciudad Juarez*
N° 305 : *Aller simple pour l'enfer*
N° 306 : *Poker menteur à Nogales*
N° 307 : *Les chirurgiens de la n'dranghett*
N° 308 : *Opération Oiseau Noir*

DON PENDLETON

L'EXÉCUTEUR

RAID SUR LE BAYOU

Adapté de l'américain par
FRANK DOPKINE

La loi du 11 mars 1957 n'autorisant aux termes des alinéas 2 et 3 de l'article 41, d'une part, que *les copies ou reproductions strictement rés*ervées à l'usage privé du copiste et non destinées à une utilisation collective, et, d'autre part, que les analyses et les courtes citations dans un but d'exemple ou d'illustration, *toute représentation ou reproduction intégrale ou partielle faite sans le consentement de l'auteur, ou de ses ayants droit ou ayants cause, est illicite* (alinéa 1er de l'article 40). Cette représentation ou reproduction, par quelque procédé que ce soit, constituerait donc une contrefaçon sanctionnée par les articles 425 et suivants du Code pénal.

Photo de couverture
© GETTY IMAGES / FOTOSEARCH ROYALTY FREE

2012, Adaptation française : GECEP/HUNTER
ISBN 978-2-2801-9565-2 — ISSN 0337-1182

CHAPITRE PREMIER

L'aube pointait sur La Nouvelle-Orléans lorsque le Jeep Grand Cherokee franchit le pont sur le Mississippi et s'engagea à vive allure sur le West Bank Expressway, dans la circulation clairsemée. Après une pointe de vitesse sur quelques miles, pour être sûr de n'entraîner aucun véhicule dans son sillage, il quitta l'autoroute vers le sud. Quand il bifurqua pour s'enfoncer dans le bayou Cataouatche, ses trois occupants eurent l'impression que le jour reculait. La route qui longeait le bras d'eau canalisé était encore plongée dans l'obscurité, des nappes de brouillard se déployaient ici et là dans le pinceau des phares. Une brume froide montait des marais et restait accrochée aux cimes des arbres, rappelant que l'hiver n'était pas encore fini.

Assis à l'avant, côté passager, Ramon « El Chango » Guttierez marmonna dans sa barbe naissante une série de jurons, en espagnol. Il n'aimait guère La Nouvelle-Orléans, malgré ses bars et ses tripots, la musique et les filles. En direction du delta, c'était pire : un pays saturé d'eau, à la merci des ouragans ; une végétation luxuriante et une atmosphère oppressante… Des gens dangereux auxquels même un Mexicain ne pouvait se fier. Tout en Louisiane le rendait nerveux. Il est vrai qu'il n'y venait qu'en cas de problème grave. Mais, justement, c'était la troisième fois en quatre mois. En l'occurrence, un séjour qui s'éternisait. Il était arrivé depuis cinq jours, et pendant ce temps, à Ciudad Juarez, la guerre entre les cartels ne connaissait pas de trêve. Il avait une mission à remplir, mais n'était pas sûr que ceux qui la lui avaient confiée seraient encore en place, à son retour. Ou même encore en vie…

A Ciudad Juarez, ville mondialement célèbre pour être la plus dangereuse de la planète, les morts violentes étaient si nombreuses que les statisticiens en perdaient le compte. Mais, depuis l'automne, les caïds eux-mêmes, ceux qui avaient échappé, parfois durant plus d'une décennie, à la police fédérale, avaient gonflé les bilans macabres. Les cartels décapités, le chaos se répandait comme un virus, dont les effets catastrophiques se répercutaient jusqu'ici, en Louisiane. Or, les pontes pouvaient bien s'entretuer, il n'était pas question que le trafic en soit affecté. La drogue devait s'écouler du sud vers le nord, chez le grand voisin américain, en un flot continu. Il le fallait, c'était vital. Des millions de consommateurs, de la Californie à la Floride, attendaient la marchandise, réclamaient leurs doses. Le moindre contretemps dans les livraisons les rendait malades. Une rupture d'approvisionnement provoquerait, dans les grandes cités des gringos, des troubles dont personne ne voulait. Ni les autorités, ni les narcos…

A La Nouvelle-Orléans, où la criminalité était la plus élevée des Etats-Unis, l'approvisionnement était devenu ces derniers mois si difficile que le pire était à craindre. Ramon « El Chango » Guttierez était là pour l'éviter. Il était l'homme de la situation, avaient jugé les boss du cartel de Juarez, ou ceux qui postulaient à le devenir. Ramon n'avait-il pas gagné son surnom, qui signifiait le Singe, en se montrant assez malin pour survivre à ses deux employeurs précédents ?

Le brouillard plus dense qui les enveloppait faillit leur faire manquer la bifurcation, signalée par un panneau annonçant le lac Cataouatche à six miles. Johnny, trop confiant comme toujours dans ses talents de chauffeur, avait à peine levé le pied malgré la visibilité réduite. Il pila brutalement, braquant à fond. Le lourd 4x4 fit une embardée, tangua dangereusement, se rétablit au ras du fossé. Guttierez jura de plus belle, sa main droite cessant de cajoler la crosse de l'Astra.38 Special glissé dans sa ceinture pour se cramponner à la portière. Luke, à l'arrière, dingua d'un bord à l'autre de la banquette, se cognant les chevilles au sac posé à ses pieds. Les armes qu'il contenait rendirent un cliquetis métallique. Luke injuria Johnny en cajun, un mélange d'américain et de français qui tirait à Ramon Guttierez des soupirs excédés, car il n'y comprenait rien. Johnny redressa le Grand Cherokee et accéléra en riant, fier de ses réflexes. La plainte du quatrième passager, qui gisait sous une bâche au fond du 4x4, s'entendit en même temps que le choc sourd de son corps percutant les parois du coffre.

— Je l'ai réveillé ! s'écria Johnny. Hé, Lofty, t'es pas à une bosse près !

Lofty ne répondit pas. Une large bande d'adhésif lui barrait le visage d'une oreille à l'autre et lui interdisait de parler. Le sang qui coulait de plusieurs plaies à la tête l'avait maculée, mais elle ne se décollait pas de sa bouche. Et avec les poignets attachés dans le dos, il ne risquait pas de l'arracher… Ses chevilles également entravées aggravaient l'inconfort de sa position. Il rua pour l'atténuer, la bâche glissa et il la repoussa d'un coup de talon qui ébranla la carrosserie. Lofty pesait dans les deux cent cinquante livres et ils n'avaient pas été trop de trois pour l'embarquer à l'arrière, après l'avoir assommé à coups de crosse. Luke se pencha par-dessus la banquette, le vit qui gigotait comme un énorme scarabée retourné sur le dos et l'avertit :

— Reste tranquille, gros tas !

Il assortit sa menace d'un geste vif : le canon d'un automatique Glock 23 heurta le front mouillé de sueur et de sang du Black. Les narines dilatées, les yeux écarquillés, Lofty cessa de bouger. Mais il fusilla le jeune Cajun d'un regard brûlant de haine. Luke eut un mouvement de recul et ajouta d'une voix moins assurée :

— On approche, enfoiré… Garde ton souffle !

Le Grand Cherokee avala à toute allure une portion de route rectiligne et déserte, parvint à un croisement où, délaissant la voie principale menant au lac, il s'engagea à l'opposé, sur une route plus étroite. Un demi-mile plus loin, deux grands panneaux annonçaient, de part et d'autre de la chaussée : GOLDEN MEADOW. PROPRIETE PRIVEE. ACCES INTERDIT. Le Jeep les dépassa, pour bifurquer tout de suite après dans un chemin empierré, une levée entre deux canaux bordés de gommiers. Les champs de canne à sucre avaient disparu au profit de la forêt. Le brouillard était moins épais, mais la nuit s'attardait, entre les troncs serrés.

Ils approchaient de leur destination. Cependant, le silence qui s'était fait dans la voiture ne dénotait aucun soulagement. Johnny conduisait plus prudemment et Luke avait les doigts serrés sur la poignée de son pistolet. Ramon « El Chango » Guttierez tira de sa poche de poitrine un mince cigare noir qu'il ficha entre ses lèvres mais négligea d'allumer. Au lieu de cela, il prit son téléphone portable, appuya sur la touche de rappel automatique et, lorsqu'on décrocha, il se contenta d'annoncer :

— On arrive.

— Pas trop tôt, répondit son interlocuteur, et il coupa la communication.

La voix rauque de Sonny Boy avait retenti assez fort pour que tous l'entendent, dans l'habitacle.

— Il est furax, comme d'habitude, soupira Ramon en rangeant son portable.

Johnny lui jeta un coup d'œil de biais et le Mexicain grimaça en hochant la tête.

— Je sais, y a de quoi…, concéda-t-il à mi-voix.

Puis il alluma son cigare, tira une bouffée et ordonna à Luke en se tournant vers l'arrière :

— Tire-lui une balle dans le genou…

Le Grand Cherokee rebondit dans un nid-de-poule et Johnny reporta précipitamment son attention sur le chemin de plus en plus cahoteux. Les yeux ronds, comme s'il n'en croyait pas ses oreilles, Luke fixait stupidement Guttierez, qui répéta en détachant les mots :

— Colle-lui-en une dans le genou, gamin ! T'as pas entendu ?

— Mais Sonny Boy…

Luke ravala sa salive.

— Sonny Boy est furax parce qu'on a perdu trop de temps avec ces conneries ! Alors, avec ce gros nègre, on va pas y passer des heures. Faut qu'il nous dise ce qu'on veut. Pigé ? Vas-y !

Le Mexicain fixa de nouveau la route. Luke croisa dans le rétroviseur le regard de Johnny. Il y décela une lueur de moquerie amusée. Qu'est-ce qu'il croyait, bon sang ? se dit Luke. Qu'il allait se dégonfler ?

Il vérifia que le cran de sûreté du Glock était ôté, raffermit sa main dessus et se retourna d'un bloc. A genoux sur la banquette, une main en appui sur le dossier, il tendit le bras de l'autre côté, visant cette fois les jambes de Lofty.

Le gros Black portait des mocassins rutilants, ornés de boucles dorées. Un pantalon beige au pli jadis impeccable, un peu froissé à présent, avec des taches de sang, des traînées de poussière, et même un accroc récolté dans sa chute sur le trottoir, à l'arrière du night-club hors duquel Luke avait réussi à l'attirer, à force de sourires et de déhanchements sur la piste de danse…

Le jeune Cajun observa Lofty, vit dans ses yeux de la haine, comme tout à l'heure, et surtout de l'affolement, une trouille qui montait des tripes et submergeait le cerveau du balèze. L'adhésif sur la bouche n'empêchait pas d'entendre, Lofty avait bien compris l'ordre donné par le Mexicain. Sa peau était grise, ses paupières se crispaient, il respirait à peine. Il aurait tout donné, et même davantage, pour rentrer sous terre, éjecter ses cent vingt kilos du coffre du 4x4… Tout donné pour revenir quelques heures en arrière, ignorer la jolie gueule du Cajun, ses frôlements dans la pénombre du bar, son murmure d'invite à le suivre, du côté de la sortie de secours donnant sur une ruelle du Vieux Carré. Le petit salopard avait les prunelles allumées, et de la coke de première, se vantait-il… Il promettait une fin de nuit inoubliable… Lofty s'était fait piéger comme un imbécile.

Les yeux exorbités, il guettait la crispation de l'index sur la détente. Luke lui jeta avec une soudaine fureur :

— T'iras plus danser, motherfucker !

Le canon du Glock heurta un genou, puis l'autre, marqua une hésitation, tandis que Lofty gigotait, se rétractait. A l'instant où le Grand Cherokee quittait la piste empierrée pour traverser une prairie, un cahot fit partir le coup. Lofty hurla sous son bâillon, toute sa masse sursauta et rebondit, alors que le sang giclait hors de son pantalon troué, plus près de l'aine que du genou. Luke encaissa le recul de l'automatique, battit des paupières et retomba assis sur la banquette, la respiration saccadée.

A l'avant, Ramon souffla un nuage de fumée, sans parvenir à dominer l'odeur de cordite qui avait envahi la voiture. A l'arrière, les râles de douleur du blessé filtraient à travers l'adhésif et des chocs sourds résonnaient au gré des soubresauts du corps contre la tôle.

Le chalet en rondins construit en bordure du bayou apparut à l'extrémité de la prairie. Une Cadillac Escalade était garée sur le côté, et la silhouette élancée de Sonny Boy se détacha du seuil. Vêtue de cuir noir comme d'habitude, chaussée de bottes lustrées. Massive mais souple, quand Sonny Boy descendit les deux marches de la galerie qui ceinturait le chalet et s'avança à la rencontre des arrivants.

Dans le petit jour, sur fond de verdure et d'eau morte, le mulâtre au crâne rasé évoquait une créature de la nuit égarée loin de son territoire. Incongrue dans le décor bucolique, avec des bagues aux doigts, une chaîne d'argent et un tatouage en forme de serpent autour du cou, des diamants incrustés dans le lobe des oreilles… Et un Sig MP 310 9 mm Parabellum pendant au bout de son bras, crosse rentrée et chargeur de quarante coups rabattu. Sonny Boy était un genre de loup-garou des villes qui osait s'aventurer dans la lumière et affrontait sans ciller le soleil levant. Sous ses sourcils décolorés, ses yeux toujours en mouvement, d'un noir brillant, contenaient une menace qu'aucun sourire de sa bouche trop grande pour son visage étroit ne parvenait à démentir. Sonny Boy souriait rarement, de toute façon.

Le Grand Cherokee décrivit dans la prairie un quart de tour et vint s'immobiliser au bas des marches menant au chalet. Ramon « El Chango » Guttierez en descendit le premier, adressa un signe de tête à Sonny Boy et désigna l'arrière du Jeep.

— Ce pendejo nous a fait courir, mais on a fini par le choper ! dit-il.

— Je me réjouirai quand on aura chopé son pote, répliqua Sonny Boy, de sa voix enrouée qui faisait peut-être frissonner les femmes, mais tapait sur les nerfs du Mexicain.

Ce dernier grommela et fit signe à Luke d'ouvrir le hayon. Le jeune Cajun à la tignasse crépue s'exécuta et recula aussitôt : Lofty, ramassé sur le flanc, baignait dans son sang, sur le plancher du 4x4.

— Je croyais qu'il était juste sonné ! s'écria Sonny Boy.

Sans répondre, Guttierez saisit leur prisonnier par le col, pour le tirer hors du véhicule.

— Amène-toi !

Lofty battit des paupières, renifla, mais bougea à peine. Guttierez s'arc-bouta, appela Luke à la rescousse, et le corps bascula comme un sac sur l'herbe humide, qui se teinta aussitôt de rouge sombre.

— Aide-nous à le remettre debout, Johnny ! s'énerva le Mexicain en se penchant sur le corps inerte.

Les yeux de Lofty se révulsaient. Son pantalon était imbibé de sang. Sonny Boy écarta Guttierez et devança Johnny.

— Qu'est-ce que vous avez fichu ? dit-il en montrant la blessure à la cuisse. Il saigne comme un porc ! Il va crever !

Il se pencha à son tour, arracha l'adhésif de la bouche de Lofty. La douleur ranima le gros homme. Il inspira l'air avidement. La lame d'un cran d'arrêt jaillit entre les doigts de Sonny Boy, glissa entre les poignets joints du Black et trancha le lien de serre-flex qui le menottait, puis celui qui entravait ses chevilles. Lofty porta aussitôt les mains sur sa cuisse, les pressa sur la plaie, dans une dérisoire tentative de contenir l'hémorragie.

— Je t'avais dit de lui tirer dans le genou ! vociféra Ramon Guttierez à la face de Luke.

Le jeune Cajun battit en retraite, tête basse.

— Dans le genou ? répéta Sonny Boy en se redressant.

Il fixa tour à tour les deux hommes. Le canon du pistolet-mitrailleur calé dans la saignée du coude s'était à demi relevé.

— Pour gagner du temps, se défendit le Mexicain. Mais ce crétin…

Il leva la main pour frapper Luke, qui recula prestement. Sonny Boy s'interposa.

— Bien joué, se moqua-t-il, on n'a même plus le temps de le porter à l'intérieur !

A Johnny, qui s'escrimait à redresser Lofty, il lança :

— Pas la peine. Etends-le.

Le chauffeur blond obéit, puis s'écarta, frustré. Après tout le mal qu'ils s'étaient donné depuis des jours pour le retrouver, le pister, et finalement le coincer au bout de la nuit, voilà que Lofty leur faisait faux bond ! La partie de plaisir qui s'annonçait, avec l'interrogatoire dans la cabane, où l'enfoiré pourrait hurler sans attirer l'attention de personne, n'était plus d'actualité.

La respiration haletante, le regard vitreux, il avait le visage cireux. Et aussi le front cabossé, l'arrière du crâne entaillé par les coups de crosse ; plus une plaie au-dessus de l'oreille, d'où coulait un filet de sang. Mais c'était peu de chose, comparé à ce qui s'écoulait de sa cuisse. C'était sa vie qui fuyait par l'orifice que la balle de 9 mm y avait creusé. Un trou profond, une tranchée qui remontait loin, vers l'aine, et avait au passage croisé le chemin d'une artère. Lofty avait peu de notion d'anatomopathologie, mais bien conscience d'être en train de mourir. Il avait beau plaquer ses poings sur la plaie, il se vidait…

La gifle assenée sur sa pommette endolorie l'empêcha de tourner de l'œil et lui arracha un geignement. Le regard de Sonny Boy, accroupi au-dessus de lui, accrocha le sien. Les petits yeux mobiles étaient comme des dards plantés dans ses orbites.

— Je cherche ton pote Birdy, articula la voix rauque.

Un spasme souleva la poitrine de Lofty. Il secoua la tête, roula des yeux affolés. Ses lèvres se mirent à trembler quand Sonny Boy, approchant sa bouche de son oreille ensanglantée, continua à voix basse :

— Birdy le musico… Tu t'attendais bien à ce qu'on te demande de ses nouvelles, non ? Pourquoi on s'intéresserait à toi, ducon, si cet enfoiré de Birdy n'était pas ton pote ? Vous avez joué ensemble, pas vrai ? Et pas seulement de la trompette…

Ramon « El Chango » Guttierez observait les deux hommes, n'entendait qu'un murmure indistinct, mais affichait une mine dégoûtée. Le gros Black allait claquer dans une minute, son sang était en train de gorger le sol, alors à quoi servait de roucouler à son oreille comme le faisait Sonny Boy ? Lofty, à supposer qu'il sache où se planquait Birdy, ou au moins comment le joindre, ne dirait plus rien, à présent. Il n'allait pas trahir son pote à l'instant de glisser de l'autre côté. La balle maladroitement tirée par Luke n'avait fait qu'ajouter au bazar dans lequel il pataugeait depuis des jours…

L'envie le démangeait d'abattre sur place le jeune Cajun. Luke ne perdait rien pour attendre ! Pour se calmer, le Mexicain entra dans le chalet, traversa l'unique pièce en direction du point d'eau et rafla sur une des étagères une bouteille de tequila entamée. Il en but une rasade au goulot, ralluma son cigare, embrassa d'un coup d'œil les préparatifs désormais inutiles. Pour accueillir Lofty, ils avaient pourtant fait les choses au mieux : une planche solide munie de cordes, une cagoule en tissu et une bassine d'eau. Le simulacre de noyade, c'était la marotte de Ramon « El Chango », depuis qu'il avait pratiqué la méthode popularisée par les Américains sur les prisonniers de Guantánamo. Propre et efficace. Horrible à endurer, surtout la répétition. Il avait fait le pari avec les autres qu'avant d'avoir subi dix fois le supplice de la suffocation, Lofty craquerait… C'était un costaud, mais pas un dur. Un musicien qui trempait dans des combines à la petite semaine, avait un penchant pour les jeunes gars et de la fidélité en amitié, même quand ça devenait dangereux, comme dans le cas de Birdy… Ramon n'en ferait qu'une bouchée !

Johnny, sceptique, avait prévu des moyens plus classiques : un chalumeau, une perceuse, ainsi qu'un choix d'instruments contondants… De quoi faire chanter et danser le musicien, avait-il ricané.

Les incapables ! enrageait Ramon, oubliant qu'il avait donné l'ordre à Luke de fracasser la rotule du trompettiste. Sonny Boy s'entourait d'incapables, pour se faire mousser plus facilement auprès des boss… Si Lofty ne les menait pas à la planque de Birdy, il leur faudrait attendre encore. Guetter un autre raid de ce cabron contre les revendeurs pour espérer le coincer et l'abattre d'une rafale, comme un chien…

Sur le seuil du chalet, Guttierez porta à sa bouche la bouteille de tequila, et se figea. Sonny Boy cracha une insulte, à laquelle répondit un cri atroce qui résonna dans la prairie. Etendu de tout son long derrière le Grand Cherokee, ses mains abandonnant sa cuisse pour se porter à sa figure, Lofty se tordit de douleur. Au-dessus de son visage, la lame du couteau dégoulinait de sang. Un filet de matière blanchâtre en pendait, au bout duquel oscillait un globe oculaire arraché de son orbite…

Guttierez avala de travers la gorgée de tequila. Johnny observait la scène, fasciné. Luke, à quinze mètres de là, se détourna, les épaules secouées par un haut-le-cœur.

Le filament céda et, d'une pichenette, Sonny Boy envoya l'œil rouler dans l'herbe rougie de sang. Il se pencha de nouveau, mais les deux mains de Lofty se relâchèrent, ses bras retombèrent sans force le long de ses flancs. Sa tête glissa sur le côté. Ses traits crispés par la souffrance se figèrent, et les questions de Sonny Boy tombèrent dans le vide d'une orbite énucléée.

— Beau résultat ! lança le Mexicain en s'approchant.

Au coin de sa bouche, le cigare mâchonné était à moitié sectionné. Il le cracha au loin, insista :

— Il n'a rien dit, pas vrai ?

Sonny Boy ne répondit pas. Il fouillait les poches de Lofty.

— On l'a déjà fait, intervint Johnny en se rapprochant. Un portefeuille avec du fric et des capotes, ses clés, et c'est tout…

Sonny Boy s'obstina, comme s'il n'avait rien entendu, retourna le cadavre et lorsqu'il se redressa une poignée de secondes plus tard, il brandit devant la figure du blond un téléphone portable extrait d'une poche arrière.

— Et ça, qu'est-ce que c'est, abruti ?

Puis il ramassa le pistolet-mitrailleur Sig et s'engouffra sans un mot de plus dans l'Escalade. En démarrant, il faillit renverser Luke, qui rappliquait, la mine chiffonnée.

La Cadillac traversa la prairie en direction du lac Cataouatche et disparut.

— Magnez-vous, tous les deux, ordonna Ramon Guttierez. Il faut se débarrasser de ça…

Il s'agissait d'effacer Lofty du paysage. Un dénouement programmé, mais pas si tôt… Luke et Johnny se mirent à l'ouvrage. Ce n'était pas une mince affaire et, si malin qu'il soit, « El Chango » dut mettre la main à la pâte.

Le bayou s'étirait paresseusement en un long méandre, jusqu'au lac Cataouatche. L'eau semblait morte, sa surface étale et mate figée dans la lumière grise de l'aube. Pourtant, en dessous, un courant entraînait quantité de débris végétaux, de minuscules organismes vivants dont raffolaient, entre autres, les crevettes. En bordure du méandre, là où la frontière entre le bayou et la berge boueuse se distinguait mal, elles pullulaient.

Phil Trousseau avait jeté ses filets au milieu de la nuit, un carrelet de chaque côté de son bateau de pêche, un petit chalut où il était seul à bord. Il les avait remontés une demi-douzaine de fois déjà, et les paniers alignés sur le pont étaient presque tous remplis. Les crevettes du bayou ne faisaient pas la fortune des pêcheurs, mais ils étaient quelques-uns à en vivre, tous plus ou moins parents, dans les environs du lac Cataouatche.

Phil Trousseau aurait parié qu'il était le seul à être sorti cette nuit-là, encore bien froide pour la saison, mais le résultat en valait la peine, et le scotch dont il lui restait un fond de bouteille aidait à supporter l'humidité pénétrante. Il s'activait à remonter une dernière fois ses filets quand un bruit de moteur au loin lui fit tendre l'oreille. Une voiture puissante en surrégime, dont le grondement s'estompa rapidement. Un léger vent de terre s'était levé, dissipant peu à peu le brouillard, présageant une belle journée. Phil Trousseau acheva de vider les carrelets, répartit les dernières crevettes dans les paniers et s'octroya une rasade supplémentaire, puis alluma un joint préparé la veille, spécialement réservé à ce moment privilégié où, le boulot terminé, il attendait, tourné vers le lac, que le soleil émerge des eaux calmes. C'était chaque fois la même magie, inscrite dans la mémoire cajun depuis des générations. Il arrivait à Phil, certains matins, de tirer de sa poche un harmonica et de jouer pour lui tout seul, en tapant du pied sur le pont.

Pas ce matin, il faisait trop froid. Il aspira encore une bouffée de marijuana, avant de remettre en marche son trawl, pour rentrer au bercail. Un autre bruit de moteur se superposa à celui de son chalut. Encore une voiture, moins puissante que la précédente, mais plus proche. Il scruta la rive opposée, vers l'aval. Avant de se jeter dans le lac, le bayou s'élargissait, rejoint par un canal qui traversait des prairies autrefois propices à l'élevage. C'était de ce côté-là, au sud, que la voiture s'approchait…

D'instinct, Phil Trousseau décida de se cacher. Il était trop exposé, au milieu du bayou ; et de surcroît loin de ses bases, hors de son secteur de pêche habituel. Il manœuvra pour rebrousser chemin, longeant la rive côté nord. Bien distinct du teuf-teuf de son diesel, il percevait le bruit de la voiture. Lorsqu'il s'estima assez éloigné, il hésita quelques secondes, puis la curiosité fut la plus forte, et il piqua vers un renfoncement de la berge où son trawl, moteur coupé, ne risquait guère de se faire remarquer. Il mit encore un peu de temps pour dénicher, dans le désordre de la minuscule cabine, la paire de jumelles remisée au fond d'une boîte. Quand il fut de retour à la poupe, et l'ajusta devant ses yeux, le disque du soleil achevait d'émerger du lac Cataouatche, une lumière froide découpait avec précision les arbres sur la rive opposée du bayou, et un reflet dans une vitre lui révéla l'approche du gros 4x4 noir qui roulait, devina-t-il, sur la levée du canal, en direction de la Pointe Malencon.

On appelait ainsi l'avancée de terre, au confluent du bayou Cataouatche et du canal du même nom, qui marquait la limite de Golden Meadow. Un domaine qui couvrait quelques centaines d'hectares de forêt, de champs de canne, de prairies, sur le pourtour du lac Cataouatche, jusqu'au bayou Segnette. Au-delà, c'était le lac Salvador, un des plus grands du delta. Mais Golden Meadow, c'était le fief des Malencon. Le royaume enchanté de Frank Malencon, se moquaient Phil Trousseau et ses amis pêcheurs de crevettes, quand ils avaient vidé quelques bouteilles et fumé quelques joints. Ou comment Tommy Malencon, un pêcheur cajun aussi pauvre que leurs pères, était devenu un jour très riche, comme par enchantement, avait racheté tous les terrains disponibles autour du lac, et légué tout ça à son fils Frank Golden Meadow. Cette propriété ne recélait pas de pétrole dans son sous-sol, ni de crevettes en or massif dans ses bayous, mais Frank Malencon, depuis ses quinze ans, ne jetait plus de filets, ne remplissait plus de paniers. Il faisait des affaires, autrement plus lucratives que la pêche. Sa fortune était disait-on colossale, et il passait pour un des hommes les plus puissants de Louisiane…

Phil Trousseau et ses potes, en matière d'eaux troubles et de panier de crabes, n'étaient pas tombés de la dernière averse. Ils avaient une idée assez précise de ce que cachait la réussite miraculeuse de leur ancien collègue, mais même quand ils avaient beaucoup bu et fumé, ils n'abordaient jamais le sujet…

Phil soupira en voyant le 4x4 sortir de l'abri des arbres et rouler jusqu'à l'extrême pointe du confluent. Un Jeep Grand Cherokee tout neuf qu'il avait croisé une fois ou deux sur la route rejoignant le West Bank Expressway… Il distinguait plusieurs silhouettes à l'intérieur.

Le Jeep fit demi-tour sur le terre-plein au bout de la pointe, recula au ras de l'eau. Ses occupants sortirent du côté opposé, sauf le conducteur. Phil régla les jumelles et reconnut le type blond qu'il avait déjà vu au volant du Jeep. Il alla ouvrir le hayon et attendit que les deux autres, qui s'activaient hors de vue de Phil, le rejoignent. Ils unirent alors leurs efforts pour extraire du Grand Cherokee un lourd colis enveloppé dans une bâche…

Phil Trousseau sentit sa nuque et son dos se couvrir de sueur. Pas besoin d'avoir beaucoup d'imagination pour deviner ce que contenait la bâche… Ni ce que comptaient en faire les trois hommes… A l'extrémité de la pointe, tourné vers le lac, se trouvait un petit embarcadère où étaient amarrées quelques barques. Les trois hommes et leur fardeau disparurent derrière le 4x4. Deux minutes plus tard, une barque se détacha de la pointe, avec deux des hommes à son bord. Tandis qu'elle s'éloignait lentement, le type blond ramant maladroitement, le troisième homme revint près du Grand Cherokee, referma le hayon, puis alluma un cigare. Un Latino grand et mince, noir de cheveu et de poil, avec un visage aux traits brutaux.

Il scruta les parages, l'air contrarié, cracha par terre avec colère, puis se réinstalla dans le Jeep.

Les jumelles balayèrent l'étendue d'eau au-delà de la pointe et finirent par retrouver la barque. Elle revenait déjà, plus vite qu'elle ne s'était éloignée. Délestée d'un poids mort, songea Phil. Les deux occupants ramaient avec énergie. Ils étaient pressés d'en finir avec leur sale besogne… Le blond avait l'air plutôt guilleret, à présent. Son compagnon, beaucoup moins. Un jeunot à la tignasse crépue, en blouson de cuir, un foulard rouge noué autour du cou. Phil sentit son estomac se nouer. Celui-là était un Cajun. Au moment d'accoster, il leva la tête, montrant son visage. Le front buté, il arborait une expression maussade. Mais c'est Phil Trousseau qui faisait la grimace : il avait reconnu Luke Borderon. Son neveu.

CHAPITRE II

Les hommes s'activaient sur le quai de l'entrepôt n° 5 de l'aéroport de Duplessis. Il ferait bientôt jour et ils étaient en retard. Un avion-cargo en provenance de Denver s'était posé sur la plus proche des pistes une heure auparavant, et c'était à son déchargement que l'équipe de Willy Madsen aurait dû consacrer la matinée.

Mais le camion Mercedes programmé pour la veille au soir était arrivé à 6 h 30 du matin seulement, et Madsen avait de bonnes raisons de ne pas différer son déchargement. L'enveloppe qu'il touchait pour s'occuper en priorité de lui et de ses semblables n'était pas la moindre. Au rythme de trois à quatre voyages par mois, ce traitement de faveur rapportait à Madsen de quoi améliorer son ordinaire, et surtout sacrifier à sa passion du jeu. Dès qu'elle le démangeait, il filait de Duplessis à Carville, au bord du Mississippi, où un casino flottant engloutissait avec régularité ses revenus illicites, et même un peu des autres… Le soupçon désagréable l'effleurait parfois que c'étaient les mêmes personnes qui l'arrosaient d'une main, pour aussitôt lui reprendre de l'autre le prix de sa complaisance. Mais quand on vit dans une bourgade aussi sinistre que Duplessis, et que la tentation est à portée de main, comment résister ?

Mieux valait dès lors ne pas poser de questions, fermer les yeux, et houspiller ses gars pour vider au plus vite le camion tout neuf qui arborait sur ses flancs la raison sociale de Biotech Farma, une firme pharmaceutique affichant deux adresses : l'une dans le Parque Industrial 18 de Ciudad Juarez, Mexique ; l'autre sur Perdido Street, à La Nouvelle-Orléans.

Biotech Farma produisait, dans une des innombrables maquilladoras implantées à Ciudad Juarez, des médicaments génériques dont le Mexique était un des plus gros producteurs mondiaux. Sur le même site industriel, elle fabriquait les conteneurs — flacons, plaquettes, tubes — qui permettaient de les conditionner sur place. Un travail spécialisé, mais peu coûteux en main-d'œuvre, dont le produit, des milliers de tonnes annuelles, pour un chiffre d'affaires de dizaines de millions de dollars, était exporté en franchise de taxes vers les Etats-Unis. Le Mexique et ses maquilladoras, c'était la Chine à deux pas du Texas…

Le camion était parti de Ciudad Juarez l'avant-veille et venait de parcourir 1200 miles, pour rallier la Louisiane. Willy Madsen n'était pas certain que ce fût le moyen de transport le plus économique, mais les avions qui avaient assuré durant un temps les liaisons avaient été abandonnés ces derniers mois au profit d'une flottille de camions. Bourrés jusqu'à la gueule de palettes de cartons, ils arrivaient toujours en début de soirée, pour être déchargés sur-le-champ. Le lendemain matin à la première heure, les divers laboratoires de Baton Rouge et de La Nouvelle-Orléans venaient prendre livraison de la marchandise. Il ne s'écoulait que quarante-huit heures à peine entre le passage de la frontière et la distribution aux clients.

Sauf que, ce matin, tout le monde devrait patienter, l'avion-cargo de Denver comme les coursiers des labos. Madsen apercevait, sur le parking du fret, deux fourgonnettes qui attendaient le feu vert pour rejoindre l'entrepôt n°5. Son talkie-walkie grésilla à sa ceinture, il répondit et s'emporta contre le dispatcheur.

— Une petite heure, Dick, j'ai juste besoin d'une petite heure, merde !

Richard Weems n'était pas réputé pour son bon caractère, surtout quand, dès 7 heures du matin, le planning de la journée était bousculé. Et il n'aimait pas qu'on l'appelle Dick, en plus. Il aboya dans l'appareil :

— Tu te fous de moi, Madsen ! Qu'est-ce qu'ils branlent, tes gus ? Ils pioncent ?

Willy Madsen jeta un coup d'œil dans le camion. Les gars avaient presque terminé. Mais lui, il avait besoin d'une petite heure supplémentaire. Il soupira, reprit d'une voix rogue :

— Ouais, mec, ils ont goûté les nouveaux calmants, ça leur fait un putain d'effet, ces petites pilules !

Weems, dans son poste de commande, était trop loin pour que Madsen voie son expression outrée, mais rien que de l'imaginer mettait le chef de quai de bonne humeur.

— Une heure, c'est comme ça ! rigola-t-il.

Weems grommela un juron et renonça à argumenter.

— Va te faire voir, Madsen !

Il coupa avant d'entendre la réplique de celui-ci.

— Magne-toi de finir, Harry ! lança Madsen au cariste qui sortait les palettes.

Il n'en restait qu'une hauteur au fond du camion. Ensuite, pour vraiment achever le déchargement, c'était l'affaire de moins d'une heure, les gars avaient l'habitude, mais il faisait jour, il commençait à y avoir une certaine activité sur le site, les risques étaient plus grands de se faire remarquer…

Madsen interpella un membre de son équipe :

— Commence à désosser, Ted, vaut mieux pas traîner…

Ted, un gaillard chauve en chemise à carreaux, siffla un de ceux qui s'activaient au fond de l'entrepôt.

— Amène-toi, le Polak. Peter et Harry finiront…

Ted et le Polak entrèrent dans le camion, non sans jeter au passage un regard furieux au duo des chauffeurs qui assistaient du bas du quai aux opérations.

— Va les aider, commanda le plus âgé des deux à son équipier. Je reste là pour surveiller…

L'autre parut contrarié mais n'osa pas protester. Il se hissa sur le quai et rejoignit les deux hommes qui entreprenaient de « désosser » le Mercedes. C'était simple : les parois latérales et le fond de la caisse, derrière la cabine, étaient doublés, avec des plaques métalliques si habilement ajustées qu'on n'y voyait que du feu, à moins de mettre le nez dessus. A moins de chercher quelque chose, et de savoir où le trouver…

— C'est pas le meilleur moment, observa Willy Madsen en sautant du quai pour tenir compagnie au second chauffeur.

Celui-ci tira nerveusement sur sa cigarette en scrutant la zone de fret.

— C'est sûr, mais on n'a pas eu le choix…

C'était un Mexicain mince et musculeux, avec une fine moustache noire et un regard inquiet. Madsen le connaissait. Un nommé Roberto qui était de presque tous les voyages, avec un équipier chaque fois différent.

— Des embouteillages ? plaisanta Madsen.

Roberto haussa les épaules.

— Un fichu contretemps, se contenta-t-il de répondre.

Au-dessus d'eux, Harry manœuvrait le chariot élévateur emportant la dernière palette de cartons de médicaments génériques. Un bruit sourd retentit, suivi d'une exclamation furieuse. Madsen tendit le cou et aperçut une plaque métallique sur le plancher du Mercedes. Le second chauffeur l'avait lâchée. Ted commença à l'engueuler et dut l'aider à la redresser. Le jeune type participait de mauvaise grâce.

— Qu'est-ce qu'il a, le nouveau ? demanda Madsen à Roberto. Il fait la gueule ?

— Il a passé une mauvaise nuit.

— Sans blague ? Faudrait qu'il essaie un autre job !

Madsen avait parlé assez fort pour que le gars entende, et comprenne qu'il s'agissait de lui. Tout à coup, il fit demi-tour et marcha vers le chef de quai. Il s'arrêta au ras de la ridelle. Madsen, en contrebas, avait ses Doc Martens sous le nez. L'autre lui jeta avec colère :

— Ouais, un job où on n'a pas les Fédéraux au cul !

Il était jeune, très pâle, et évidemment à cran. Il avait la trouille…

Le silence tomba dans le camion. Tout le monde se figea. Oubliant de surveiller les environs, Roberto cracha en direction de son équipier :

— Ta gueule, Steve !

Steve ouvrit quand même la bouche, prêt à répliquer. Il n'en eut pas le temps. D'un bond, Roberto sauta sur le quai, se planta face à lui et répéta d'un ton menaçant :

— Tu la fermes ! O.K. ?

Steve battit en retraite. Lèvres serrées, tremblantes...

Willy Madsen se hissa à son tour pour les rejoindre. Les panneaux avaient été déposés. Dans l'espace ménagé entre eux et les parois du camion, les cartons étaient soigneusement rangés, empilés verticalement. Ils ressemblaient aux autres, sauf qu'ils étaient plats et ne portaient aucune mention. Il y en avait soixante à soixante-dix, estima d'un coup d'œil Willy Madsen. La gorge soudain asséchée, il calcula à toute vitesse, comme au casino... Chaque carton contenait environ cinq cents doses. Des petits tubes en plastique rangés en couches successives dans des cartons alvéolés. Vingt rangées de vingt-cinq, sur pas plus de dix centimètres d'épaisseur. Le Mercedes transportait dans les trente mille doses, soit au bas mot un million et demi de dollars sur le marché...

Et le nommé Steve avait mal dormi parce qu'ils avaient les Fédéraux au cul ?

Harry revenait, flanqué de Peter. Sur les lames du Clark, une caisse de bois aux dimensions adaptées, prête à recevoir vingt-cinq cartons, avant d'être refermée et entreposée avec d'autres, identiques, à l'extrémité opposée de l'entrepôt n°5. Tout près d'une porte coulissante où viendrait s'adosser, dans moins d'une heure, un fourgon de livraison que personne ne remarquerait, quand il quitterait l'aéroport de Duplessis, direction La Nouvelle-Orléans...

Emportant trente mille doses avidement attendues par des dizaines de milliers de seringues…

Dans le silence qui se prolongeait, la voix de Madsen vibra d'inquiétude et de colère mal contenue.

— C'est quoi, cette histoire de Fédéraux ?

Roberto écrasa sous sa semelle le mégot qui lui brûlait les doigts.

— Ce serait peut-être plus malin de terminer le boulot d'abord, non ? répliqua-t-il en jetant un regard autour de lui.

Son calme apparent aida Madsen à se ressaisir. Il fit signe à ses hommes.

— C'est vrai… Remplissez les caisses, bon Dieu, qu'on en finisse !

Harry avança son chariot au milieu du camion et, en quelques minutes, le tiers des cartons fut entassé dans la caisse. Peter vissa dessus un couvercle de bois. Harry repartit en marche arrière. Deux autres caisses attendaient.

— Je veux savoir ce qui se passe, reprit Madsen, s'adressant à Roberto.

— On est partis à l'heure habituelle et, hier soir, on aurait pu arriver vers 20 ou 21 heures, finit par répondre ce dernier, en baissant la voix. Mais on s'est arrêtés juste avant d'entrer en Louisiane et on a passé la nuit au Texas… Dans le camion.

Madsen fronça les sourcils. Le Texas était à seulement deux heures de route de Duplessis…

— A cause des Feds ?

— Paraît qu'ils patrouillaient cette nuit sur l'Interstate 10. On a attendu qu'ils lèvent le camp pour repartir.

Roberto expliquait posément les choses, mais son regard sur le qui-vive n'arrêtait pas de se porter au-dehors. Il essuya machinalement sa moustache avec son pouce. Elle était luisante de sueur.

— On est arrivés jusqu'ici sans encombre, reprit-il.

— C'est sûr ?

La deuxième caisse disparut dans les profondeurs de l'entrepôt. Ted et le Polak avaient déjà refixé plusieurs plaques le long des parois. Madsen transpirait, lui aussi. Il avait hâte que tout soit en ordre, remis en place, et qu'on reprenne le cours d'une journée normale…

Mais Roberto tardait à répondre.

— C'est sûr ou pas ? s'écria le chef de quai.

Le Mexicain détourna les yeux.

— Ouais… j'espère bien que oui. Y a intérêt !

Madsen hésita à poser d'autres questions. Il y en avait trop qui se pressaient dans son esprit. Et la plupart d'entre elles étaient trop dangereuses. Il se contenta de hocher la tête et examina l'extérieur. Il était 7 h 45 et trois fourgons arborant le logo de labos de la région stationnaient à l'entrée du parking, attendant que le Mercedes ait cédé la place pour venir prendre possession de leurs cartons de médicaments.

Madsen sursauta quand son portable sonna. Il pensait à Weems, mais ce n'était pas le dispatcheur. Le numéro qui s'affichait sur l'écran le fit instinctivement s'éloigner en tournant le dos à Roberto.

— Greg ? dit-il.

— Oui. Je suis prêt.

Madsen soupira. C'était trop tôt, mais plus vite il

serait débarrassé de la marchandise, plus vite il serait tranquille, pas vrai ? Alors il répondit :

— O.K., dans cinq minutes…

Greg raccrocha sans répondre. Madsen s'épongea le front d'un revers de main. La dernière caisse sortait du camion. Son talkie-walkie grésilla à son tour.

— C'est pas bientôt fini ? aboya Weems. Les mecs ont pas que ça à foutre, et le cargo de Denver…

— Cinq minutes ! réclama Madsen.

Il vit Ted et les autres qui réajustaient les dernières plaques. Roberto qui faisait signe à Steve de remonter dans la cabine.

— C'est bon, Dick, tu peux lâcher la meute, rectifia-t-il dans l'appareil.

Les trois fourgons n'attendirent pas dix secondes de plus avant de s'ébranler. Ils mirent le cap sur l'entrepôt n°5, bientôt rejoint par un quatrième. Un fourgon Ford blanc, sans aucun signe distinctif. Devinant de qui il s'agissait, Willy Madsen eut une brutale montée d'adrénaline. Il avait l'impression que la roulette où rebondissait la bille tournait ce matin à un rythme effréné, hors de tout contrôle. Et que la chance n'était pas forcément de son côté…

Ses portières refermées, le Mercedes démarra, Roberto au volant. Lequel fit au passage un petit signe de tête à Madsen qui pouvait signifier : « Cool, mec… Pas de panique. » Le chef de quai voulait bien le croire. L'enveloppe glissée par Roberto à son arrivée faisait sur sa poitrine un épais matelas rassurant. Une fois prélevée la part que se partageaient les manutentionnaires de son équipe, il avait quant à lui de quoi aller flamber quelques soirées sur la péniche casino Pearl, à Carville…

A peine le Mercedes s'était-il éloigné que le premier des trois fourgons fit demi-tour et en marche arrière se rangea à sa place, perpendiculairement au quai. Le type qui en descendit, un grand Black coiffé d'une casquette des Saints — l'équipe de foot de La Nouvelle-Orléans — apostropha Madsen en gesticulant. Il était sacrément à la bourre, il allait devoir se taper les embouteillages à l'entrée de la ville…

Madsen lui répondit par un doigt levé, fit signe à Ted de se débrouiller avec l'agité, puis suivit des yeux le quatrième véhicule. Alors que les trois fourgons faisaient la queue pour accéder au quai, le Ford contourna l'entrepôt. Madsen jeta un regard inquiet alentour. Rien d'anormal ne retint son attention. Un gros DC 4 atterrissait sur la piste principale, un Beechcraft 1900 qui assurait la liaison quotidienne avec Austin, Texas, attendait l'autorisation de décoller. Le Mercedes de Biotech Farma quittait sans encombre la zone de fret. Il était 8 heures. Tout serait bientôt rentré dans l'ordre… A l'instant de pénétrer dans l'entrepôt, son regard glissa sur la tour de contrôle, et s'y arrêta une seconde. Il discerna plusieurs silhouettes et eut l'impression qu'on l'observait. Une impression fugitive mais très désagréable. Impossible cependant, à cette distance, d'être sûr de quoi que ce soit. Sa nervosité lui jouait des tours, probablement…

Willy Madsen se retourna vivement et traversa l'entrepôt à grands pas. Tout au fond, les trois caisses de bois posées sur le sol étaient prêtes à être enlevées. Il déverrouilla la porte coulissante, qui donnait sur une plate-forme de dimension réduite, desservie de chaque côté par quelques marches. Dans la grisaille qui baignait l'arrière du bâtiment, le Ford, tous phares éteints, reculait pour s'accoter à la plate-forme. Madsen se précipita pour ouvrir les portières. Il distingua la silhouette de l'homme au volant.

— Je t'avais dit plus tard ! lança-t-il. Les mecs des labos sont en train de charger…

Greg haussa une épaule en tirant le frein à main.

— On est déjà très en retard, répliqua-t-il. Et c'est pas ma faute !

— C'est sûr, admit Madsen. Mais c'est risqué…

Greg ne faisait pas mine de descendre.

— Je cherche un chariot…, décida Madsen en retournant dans l'entrepôt.

Quand il réapparut, il était aux commandes d'un Clark, et le conducteur du Ford était toujours assis au volant. Madsen enfourcha avec brusquerie la première palette, fit grincer le levier de direction et, dans sa précipitation, heurta le pavillon du Ford en y déposant la caisse.

Son équipe était affairée à charger les camionnettes, du côté opposé, et Greg pas disposé à l'aider. Les fois précédentes non plus, d'ailleurs, mais il sortait du Ford et observait le chargement. D'habitude, il est vrai, l'opération se déroulait dans l'obscurité, à 5 ou 6 heures du matin, et le site de l'aéroport était désert, silencieux. Tandis que ce matin, pesta intérieurement Madsen en soulevant la deuxième caisse, il avait l'impression de trimballer la drogue en pleine lumière, au milieu d'une ruche grouillant d'activité…

C'était excessif, mais il avait beau se raisonner, il transpirait d'appréhension. Comme souvent à une table de poker, à l'instant de retourner ses cartes. En plus pénible, parce qu'il risquait bien plus gros qu'une relance de trois ou quatre mille dollars…

La troisième caisse glissa sur le plancher du Ford, poussant les deux autres jusqu'à masquer complètement la cabine.

— C'est bon ! cria Madsen en enclenchant la marche arrière du chariot élévateur.

— O.K., répondit la voix de Greg.

Le temps que le chef de quai remise son engin à l'intérieur de l'entrepôt, en descende et revienne, le Ford s'était avancé, Greg en était sorti pour refermer les portières, et il s'apprêtait à remonter dedans.

Willy Madsen s'immobilisa, déconcerté. La silhouette qui se mettait au volant était celle d'un homme de haute taille, à la carrure athlétique, aux cheveux coupés court, grisonnants. Même de loin, et de dos, elle ne pouvait pas se confondre avec celle du type à qui Madsen avait eu affaire plus d'une dizaine fois au cours des derniers mois…

Le nommé Greg était moins costaud, plus jeune, avec des cheveux noirs mi-longs… La portière claqua, le Ford démarra en souplesse et Willy Madsen resta sans réaction, figé sur le seuil de l'entrepôt, les yeux rivés sur le profil du conducteur, tandis que le fourgon virait à l'angle du bâtiment.

Juste avant qu'il disparaisse, l'homme tourna le visage vers lui, leurs regards se croisèrent. Celui de l'inconnu était d'un bleu-gris de glacier dans la lumière oblique.

Madsen frissonna. L'homme lui adressa un sourire qui aurait pu le réconforter, s'il avait été assis face à lui à une table de jeu, en train de perdre sa chemise. Le sourire d'un adversaire charitable, qui compatit après vous avoir plumé, et vous murmure que ça aurait pu être pire…

CHAPITRE III

Dans la tour de contrôle de l'aéroport de Duplessis, Jack Grant, le responsable du trafic, suivait des yeux le décollage du Beechcraft 1900 pour Austin. Le DC 4 chargé de fret était stationné face à l'entrepôt n°1. Du côté du n° 5, il restait un fourgon à charger avec les cartons de médicaments en provenance de Ciudad Juarez. La voix de Richard Weems, un étage en dessous, résonna dans les haut-parleurs :

— Madsen ! Où est-ce que tu te planques, enfoiré ? Si le déchargement du cargo de Denver ne commence pas dans les dix minutes, je le refile à l'équipe de Davies…

Grant sourit en voyant rappliquer Madsen sur le quai, son talkie-walkie au coin de la bouche, mais il coupa la sono pour que les jurons furibards du chef de quai à l'adresse du dispatcheur n'écorchent pas les oreilles du couple debout à côté de lui.

Le grand Noir élégant le remercia d'un battement de paupières. Il parlait vite dans son portable.

— Le Ford Transit blanc qui roule derrière le Chevy rouge et vert des labos G.F. Smith… Un type seul à bord. Vous ne le perdez pas, surtout… On vous rejoint.

La brune qui l'accompagnait salua Grant d'un geste et reflua vers la porte. Son portable qu'elle n'avait pas eu le temps de remiser dans son étui sonna de nouveau. Elle répondit en franchissant le seuil :

— Correa…

La suite fut perdue pour Grant. Dommage, il aimait bien la voix chaude de l'agent spécial Ruth Correa. Sa silhouette aussi, d'ailleurs… Un type mexicain prononcé, mais pour être agent fédéral, il fallait bien être ressortissant américain, non ? L'appel d'un commandant de bord en phase d'approche mit fin à ses conjectures et le ramena à la réalité. Il répondit et vit à peine l'autre Fed quitter les lieux. Mais lorsqu'il baissa les yeux sur son bureau, il y découvrit un Post-it collé bien en évidence, où il lut, souligné de deux traits : « Pas un mot, à personne. »

Il fit une petite boule avec le message, en observant au loin Willy Madsen qui par de grands gestes du bras invitait l'avion-cargo de Denver à s'approcher.

Les deux policiers de la D.E.A. avaient passé une demi-heure dans la tour de contrôle, n'avaient pas cessé d'observer l'entrepôt n°5, ni de donner ou de recevoir des coups de fil, et pourtant Grant n'avait aucune idée de ce qui se tramait…

Ruth Correa avait empêché les portes de se refermer, pour attendre son collègue. Ed Barnes la rejoignit à grandes enjambées. Elle recula au fond de la cabine, impressionnée une fois de plus par sa taille et son allure. Il approchait les deux mètres. Comme elle lui rendait dans les quarante centimètres, elle n'avait pas à se forcer pour se faire toute petite…

— Le camion Mercedes est en route vers Baton Rouge, dit-elle en montrant son portable dans sa paume. Ben demande s'ils doivent continuer à le suivre.

— A votre avis ? demanda Barnes pour masquer son hésitation, alors que l'ascenseur descendait.

— Si le Ford va comme prévu à La Nouvelle-Orléans, on ne sera pas trop de trois voitures pour le filer…

Il acquiesça. Elle avait raison, mais elle venait d'El Paso, Texas. Une ville frontière, jumelle de Ciudad Juarez, qui était parmi les plus sûres des Etats-Unis… El Paso où six agents fédéraux répartis dans trois voitures ne risquaient pas de perdre un fourgon transportant de la drogue. Dans une ville aussi quadrillée, un tel chargement n'avait aucune chance de passer inaperçu… Correa avait raison mais elle ne connaissait pas La Nouvelle-Orléans…

— S'ils reprennent l'I10, vos gars peuvent faire demi-tour et nous rattraper, non ? proposa Barnes.

A son tour, elle acquiesça. Rappela Ben, dans la Buick qui filait le camion de Biotech Farma. C'est Bob Lewis, son adjoint au bureau d'El Paso de la D.E.A., qui répondit.

— Ils bifurquent vers l'Interstate 10, annonça-t-il aussitôt.

— Pas la peine d'insister, s'ils rentrent à la maison…

— O.K., Ruth, on les abandonne. De toute façon, Roberto Huigero, on connaît, on sait où le retrouver.

— Exact, mais c'est le jeune qui est intéressant, dit Ruth Correa en sortant la première de l'ascenseur. Un novice, encore tendre… fébrile… On va s'en occuper…

Barnes lui jeta un coup d'œil amusé : à son intonation, nul doute qu'elle n'allait faire qu'une bouchée du débutant qui accompagnait Huigero, le chauffeur de confiance du cartel de Juarez…

Puis le special agent, malgré ses longues enjambées, dut presque courir pour rester à la hauteur de Correa, qui filait à travers le parking réservé pour regagner sa voiture, une Mercury aux suspensions fatiguées, à force de kilomètres parcourus sur des routes défoncées, de part et d'autre de la frontière, entre El Paso et Ciudad Juarez. Au moment d'y monter, la jeune femme se ravisa et lança à Barnes :

— Vous conduisez ? La Nouvelle-Orléans, c'est chez vous, vous vous y débrouillerez mieux que moi, je crois.

Barnes prit le volant, après avoir reculé le siège au maximum. Son crâne touchait le pavillon. Ils quittaient l'aéroport de Duplessis, en direction de l'est, quand son portable sonna. C'étaient ses équipiers. Il tendit l'appareil à Correa, qui répondit à sa place, en activant le haut-parleur.

— On est derrière le Transit, le type n'a pas l'air méfiant, annonça Mark Robson. On roule vers le Mississippi…

Barnes fronça les sourcils et Correa demanda :

— Il n'a pas pris l'I10 ?

— Ni la Highway 61, confirma Robson. On approche de Darrow…

Barnes accéléra et dit, assez fort pour que Robson entende :

— C'est bizarre. Faites gaffe quand même…

— On vous rattrape dans un petit moment, ajouta Correa, avant de raccrocher.

— Possible que ce type nous mène en bateau…, commenta Barnes d'une voix inquiète.

Il franchit à toute allure un échangeur, bifurquant vers le sud, délaissant l'Interstate 10 au profit d'une route moins fréquentée, sauf par les touristes amateurs de points de vue spectaculaires sur le Mississippi.

Sur son propre téléphone, Correa rappela Bob Lewis, son adjoint.

— Le Ford ne va pas directement à La Nouvelle-Orléans comme on s'y attendait, lui expliqua-t-elle. Le gars roule dans la vallée, sans se presser…

— Avec pour deux millions de dope dans sa caisse ?

— Il y a peut-être un autre point de chute pour la came, avant distribution… Un lieu de stockage hors de la ville…

Barnes jeta un autre regard en coin à Correa. Intrigué, vaguement admiratif. Elle réfléchissait vite. Lui-même évalua son hypothèse. Elle ne cadrait pas avec ce que lui et son équipe avaient établi, mais pourquoi pas ? Ils n'avaient pas tout éclairci, loin de là.

Quand Correa en eut terminé avec Lewis, lui indiquant dans quel secteur les rejoindre, il objecta cependant :

— Hors de la ville, cela augmente les risques, en multipliant les transports… Généralement, la marchandise, quand elle quitte Duplessis, est distribuée tout de suite aux grossistes… On a trois revendeurs dans le collimateur…

— Beau travail, mais il y a des trous dans le puzzle, non ? remarqua Correa. Alors, on verra bien où nous mène ce gus…

— Ce n'est qu'un livreur, un pion dans la chaîne… Je ne comprends pas qu'il se balade comme ça. Ou alors, c'est un piège.

Robson rappela. Comme pour confirmer les craintes de son chef, il s'exclama, incrédule :

— Il fait du tourisme, ma parole ! Il a quitté Darrow, direction Lemanville. Et il respecte les limitations de vitesse, les passages pour piétons ! Tranquille, le mec…

Une autre voix intervint. Celle de Tina Chesnot, capitaine de police à la brigade criminelle de La Nouvelle-Orléans. Une Cajun, qui connaissait comme sa poche le delta et ses caïds. Une bonne raison pour que Barnes réclame et obtienne son détachement auprès d'eux. C'était en grande partie grâce à elle que le puzzle du circuit de la drogue venant de Ciudad Juarez avait fini par prendre forme, même s'il subsistait des lacunes, comme le constatait Correa.

Tina Chesnot se trouvait à côté de Robson dans la Taurus qui suivait le fourgon blanc.

— Y nous balade, peut-être bien, dit-elle avec son accent français, ou c'est lui qu'on balade…

— Comment ça ? demanda Barnes en prenant des risques pour doubler un car.

— Il attend peut-être des instructions, suggéra Tina Chesnot.

La Mercury arrivait à Darrow.

— Quand on vous aura rattrapés, reprit Correa, on prendra le relais. Le type va finir par vous repérer dans son sillage.

Barnes approuva. Robson reprit tout à coup, avec de la tension dans la voix :

— C'est peut-être déjà le cas ! Il accélère !

— Ou bien il sait où aller, maintenant…, glissa Chesnot.

Barnes laissa son portable ouvert. Leurs collègues ne

disaient plus rien. Ils perçurent un bruit de moteur qui enflait, puis Robson indiqua :

— Il a quitté la route touristique pour celle qui mène à Gramercy…

— Je vois, dit Barnes.

— S'il a voulu nous semer, c'est raté ! rigola Robson.

Il conduisait vite et bien. Une Taurus vieille de dix ans qu'il bichonnait lui-même et qui ne manquait pas de répondant. Il raccrocha et le téléphone de bord de la Mercury sonna.

— Manquait plus que le bureau, grommela Barnes en pressant le bouton de réception.

Entre deux crachotements, une voix demanda :

— Barnes ? Où vous êtes ?

— Du côté de Gramercy, dans la vallée…

— Chouette excursion, vous avez bien de la chance… Le Ford Transit dont vous avez communiqué le numéro, tout à l'heure…

C'était Robson qui, en entamant la filature, avait transmis les coordonnées du fourgon au bureau de la D.E.A. de La Nouvelle-Orléans.

— On le connaît, poursuivit l'agent de permanence. Et aussi son propriétaire. Greg Salkowiack.

Barnes réagit à la seconde :

— Sans blague ! Il est en cheville avec les gros bonnets du bayou…

— Ça lui a pas porté chance !

— Comment ça ?

— Une patrouille de la police de la route a trouvé son cadavre tout à l'heure sur une aire de stationnement de l'I10 à hauteur de Louis-Armstrong Airport. Proprement exécuté de deux balles. Ça remontait à deux ou trois heures à peine.

Barnes en resta coi, et Correa le devança :

— Son cadavre et c'est tout ? interrogea-t-elle.

— Ouais. Avec dans sa poche des papiers à son nom et même du fric. Mais pas de téléphone portable, et aucune clé…

— Et pas de véhicule, pas de…

— Ni fourgon Ford ni traîneau du Père Noël ! ricana l'agent.

Barnes ravala ses questions et interrompit la conversation, car sur son portable la voix de Robson reprenait :

— On arrive à Gramercy. On fait quoi ?

— Vous nous attendez, et vous faites vraiment gaffe ! répondit Barnes. Greg Salkowiack, ça te dit quelque chose ?

Un blanc, puis Robson s'écria, surexcité :

— Et comment ! C'est lui, dans le fourgon ? Un voyou dangereux…

— Ça devrait être lui…

— Comment ça ?

— Il est mort ! laissa tomber Barnes. Deux balles, au petit matin. Il est tombé sur plus dangereux que lui…

Il y eut un autre silence dans les deux voitures, vibrant d'une brusque tension. Puis Ruth Correa tira la conclusion qui s'imposait :

— Le mec qui l'a buté a piqué son fourgon, et après, il a piqué la came, à Duplessis… Un sacré client, non ?

Sur le tableau de bord du Ford Transit en train de traverser Gramercy, le téléphone portable de Greg Salkowiack fit entendre la mélodie enjouée qui lui servait de sonnerie, et ne risquait plus de le mettre de bonne humeur. Un message s'afficha sur l'écran, laconique : « Rive sud Wallace. Embarcadère. Paulina. »

Wallace était situé sur l'autre rive du Mississippi, qu'un pont franchissait à la sortie de Gramercy, le dernier avant La Nouvelle-Orléans, distante d'une trentaine de miles.

L'Exécuteur éteignit le portable.

Un coup d'œil dans le rétroviseur lui apprit que la Ford Taurus qu'il avait repérée dans son sillage dès la sortie de Duplessis avait disparu. Il ne pensait pas l'avoir semée, il n'avait d'ailleurs pas fait tout le nécessaire pour cela ; seulement fait semblant d'essayer... Si elle s'était arrêtée dans le bourg, c'est qu'une autre voiture avait pris le relais. Au rond-point qui offrait la possibilité de rejoindre la Highway 61, pour rallier La Nouvelle-Orléans en une vingtaine de minutes, Bolan se faufila dans le trafic, accéléra et coupa la route d'un camion pour bifurquer vers le pont. Un concert d'avertisseurs derrière lui le renseigna. Le conducteur d'une Mercury Grand Marquis, en l'imitant, se faisait agonir d'injures par les automobilistes.

Bolan accéléra, puis temporisa, et la Mercury ne mit pas longtemps à revenir sur ses talons. Ses occupants étaient un couple, comme tout à l'heure dans la Taurus... La D.E.A., s'il s'agissait d'elle, plutôt que du F.B.I., était soucieuse de parité...

Il y avait quatre agents à ses trousses, au moins, car le dispositif qui avait permis de suivre le camion de Biotech Farma jusqu'à l'aéroport de Duplessis était probablement plus important. Ce n'était pas Salkowiack, en tout cas, qui avait mené les Fédéraux à l'entrepôt n°5.

Lorsqu'il lui était tombé dessus à sa sortie de chez lui, sur le coup de 6 heures du matin, l'Exécuteur s'était assuré qu'aucune souricière policière n'était en place dans le quartier. Ensuite, durant tout le trajet jusqu'à l'aire de repos de l'Interstate 10, à hauteur de l'aéroport international, il n'avait pas détecté de filature. Salkowiack conduisait bien gentiment le Transit, avec le canon du Beretta 93-R pointé dans le flanc droit, enfoncé juste assez sous les côtes pour qu'il n'oublie pas une seconde que sa vie ne tenait qu'à un fil…

Greg Salkowiack était un voyou minable des faubourgs nord avide de grimper dans la hiérarchie criminelle. De petit dealer, il était devenu agent de recouvrement auprès de ses collègues, puis agent de liaison entre grossistes, et enfin, depuis peu, chargé de la logistique des approvisionnements… Dans n'importe quel secteur d'activité, on aurait pu le féliciter d'un tel parcours d'employé modèle, qui sous-entendait, de la part d'un Polonais d'origine, grandi dans un quartier déshérité très majoritairement noir d'une ville aussi violente que La Nouvelle-Orléans, une bonne dose d'ambition, de ténacité et d'ardeur au travail. Mais comme ces qualités avaient été mises au service du trafic de drogue, on ne pouvait que constater, au moment de dresser le bilan de sa brève existence, le grand nombre de crapuleries diverses qu'elles lui avaient permis de commettre… La liste en était impressionnante. Salkowiack avait arnaqué des dealers, empoisonné des junkies avec de la came coupée de mort aux rats, éliminé ou balancé quelques rivaux, et découpé à la scie électrique une ex-petite amie. Il n'était pourtant tombé que pour des broutilles, preuve d'une habileté certaine à déjouer les rigueurs de la loi…

A sa sortie de prison, après tout de même cinq années de détention, il s'était réfugié sous l'aile protectrice d'un caïd des quartiers nord, Sonny Barrow, dit Sonny Boy, un mulâtre qui savait déceler les talents et passer outre les préjugés raciaux. Salkowiack avait intégré son gang, où il était le seul Blanc… Et il avait pris du galon, en même temps que Sonny Boy devenait le bras droit de Frank Malencon, l'homme qui régnait sur le narcotrafic…

Entendre sa biographie, même résumée, par la bouche d'un inconnu qui le braquait dans son fourgon, alors qu'il se rendait à Duplessis pour un boulot de la plus haute importance, avait complètement déstabilisé Salkowiack. Il avait les mains moites sur le volant, la gorge sèche. Le Beretta contre ses côtes était une menace bien réelle, qui excluait toute plaisanterie de la part de celui qui le tenait. Mais Salkowiack avait déjà fait face à des flingues, essuyé des balles, et il était toujours en vie. En revanche, la manière dont l'homme le regardait, tout en dévidant d'un ton posé son curriculum vitæ, lui faisait froid dans le dos. Il n'arrivait pas à déterminer ce qu'il lui voulait au juste.

Bolan ne lui avait pas posé de questions. Pas tout de suite… Il l'avait laissé mijoter dans l'incertitude, et il avait senti monter son angoisse.

Le pire, pour Salkowiack, ç'avait été le récit par Bolan de deux ou trois de ses méfaits qu'il était, croyait-il, le seul à connaître. Ni la justice ni les flics, évidemment, mais pas davantage ses complices ou ses proches, même pas le meilleur de ses amis, s'il en avait eu un, n'étaient au courant, pour la fille vitriolée quand il avait quinze ans ; personne ne pouvait savoir qu'il avait balancé Claudio Riganti aux flics, et son cousin Tonino dans un bain d'acide, pour s'approprier une réserve de plusieurs kilos de poudre, et annexer le territoire où ils faisaient la loi, le dernier bastion des Ritals sur la rive gauche, entre le Vieux Carré et le faubourg Marigny…

A l'évocation de ces exploits, Salkowiack avait failli partir dans le décor. Il avait regardé Bolan avec une expression terrifiée, pire que s'il avait été le diable en personne.

— Tu vois, je te connais par cœur ! s'était moqué l'Exécuteur en lui ordonnant de prendre la bretelle pour se garer sur l'aire de stationnement.

Dans le Transit arrêté tous feux éteints à l'extrémité de celle-ci, Bolan avait alors posé la seule question dont il ne possédait pas la réponse :

— Explique-moi seulement ce qu'on attend de toi ce matin, Greg… Et n'oublie aucun détail !

Le canon du Beretta avait cessé de meurtrir les côtes de Salkowiack, mais s'était enfoncé derrière son oreille. Greg avait bredouillé un début de réponse, puis, à mesure qu'il parlait, sa voix s'était quelque peu raffermie, et à la fin, quand il avait eu le sentiment d'avoir tout dit, il avait conclu avec une intonation pleine d'espoir, quelque peu excessive compte tenu de sa situation :

— Si vous voulez, je peux vous aider. Il y en aura pour près de deux millions de dollars… Je connais le moyen d'écouler la came sans que personne se doute de quoi que ce soit…

— Même pas Sonny Boy ?

— Non, même pas…

— Ni Malencon ?

— Même pas lui, je vous dis… Ni lui ni…

— Qui d'autre ?

Greg avait secoué la tête, refusant de lâcher le nom qui lui brûlait les lèvres. Même après que Bolan l'eut fait descendre du Transit, il avait tenté de jouer sa dernière carte, d'une voix affolée.

— Je sais pas qui vous êtes, pas un flic, c'est pas possible… mais on peut s'entendre, tous les deux… Je vous jure que je ferai tout…

— Parce que tu crois vraiment que j'ai besoin de toi, Greg ?

Il y avait eu de l'incompréhension dans le regard roublard de Greg, lorsque l'Exécuteur avait tendu son bras armé, visant le cœur. Salkowiack s'était figé sur place, tétanisé. Stupéfait de constater qu'il allait mourir, que tout le vice qui lui avait permis de survivre jusque-là n'avait aucun effet sur le type en face de lui. Qu'il s'était planté sur toute la ligne… Ni clémence, ni pitié, ni arrangement : cet homme-là était implacable.

La détonation s'était confondue avec le vacarme du premier Airbus de la journée décollant de Louis-Armstrong International Airport. Alors que l'avion s'élevait au-dessus d'eux, Greg Salkowiack avait rendu son dernier souffle dans l'herbe mouillée, et la seconde balle n'était même pas un coup de grâce, à moins qu'elle fût capable de l'envoyer directement en enfer. Mais aucune âme noire de scélérat ne s'était échappée de son cadavre, au risque de perturber la trajectoire de l'Airbus matinal…

L'Exécuteur avait la conscience tranquille en prenant

place au volant du Transit. Il avait suivi à la lettre les instructions. A présent que le chargement de drogue se trouvait derrière lui, il était prêt à réaliser la deuxième phase de son plan…

A l'extrémité du pont de Gramercy, une route rejoignait la rive sud, qu'elle longeait sur une demi-douzaine de miles, avant de bifurquer vers l'intérieur des terres. Wallace n'était qu'une succession de lotissements résidentiels édifiés sur une levée de terre, mais s'était doté d'une marina, dans la courbe du Mississippi.

L'embarcadère où étaient amarrés plusieurs bateaux était desservi par une allée bordée de grands chênes. Elle était déserte, vaporeuse dans les rayons obliques du soleil. Bolan s'y engagea. Dans son rétroviseur, il n'y avait plus personne. Un éclat de lumière sur la carrosserie lui révéla, stationné entre les arbres vers le bout de l'allée, un SUV noir. En face, une grosse vedette se balançait mollement sur les eaux boueuses. Le *Paulina*, devina-t-il, bien avant d'être en mesure de déchiffrer son nom sur le flanc du bateau.

Il stoppa à bonne distance, sans couper le moteur. Attira à lui le sac posé sur le sol sous le siège passager, et l'ouvrit. A portée de main, il avait de quoi faire face à toute éventualité. En principe…

Une silhouette se matérialisa sur le pont du *Paulina*. Un Black maigre en survêtement, coiffé d'un bonnet. A l'appel de phares de Bolan, il répondit par un grand signe des bras, l'invitant à approcher. Le Transit repartit à faible allure, pour aller livrer son chargement.

C'était la conclusion de l'opération commencée à Ciudad Juarez quarante-huit heures auparavant. Une conclusion inédite, avait appris Salkowiack à Bolan. Aujourd'hui, les trafiquants inauguraient une nouvelle manière d'acheminer la drogue jusqu'à La Nouvelle-Orléans. Par la voie fluviale…

— Y a un type qui nous pourrit la vie depuis un moment, avait-il expliqué, d'une voix assourdie par l'angoisse. Birdy, il s'appelle… Un dingue ! Il pique la came aux dealers… Il a buté un grossiste, l'autre jour ! Du coup, les Feds grouillent partout, y a des patrouilles de police sur les routes…

A cause de cette surveillance policière renforcée, le camion en provenance du Mexique avait rallié Duplessis ce matin seulement, et on avait averti Greg que Willy Madsen s'occuperait de lui plus tard que prévu. « Pas avant 9 heures ! » avait beuglé le chef de quai dans le portable de Salkowiack. A quoi Bolan avait répondu simplement : « O.K. »

Ce contretemps donnait raison aux boss. Ils avaient décidé de changer leurs habitudes. Salkowiack, après avoir chargé la marchandise, devait rouler vers le Mississippi en évitant les grands axes, et on lui communiquerait en temps voulu les coordonnées du rendez-vous.

Comme il s'était présenté en avance à Duplessis, passant outre les consignes de Madsen, Bolan avait dû patienter avant de recevoir le message. Il avait eu le temps de flâner dans la vallée, et de repérer ceux qui le filaient. Les trafiquants se méfiaient, même de Salkowiack. Voulaient-ils s'assurer eux-mêmes que le Transit n'était pas filé ? C'était une éventualité aux conséquences plutôt désagréables…

Le Black au bonnet, les mains serrant frileusement

autour de son cou le col de sa veste, regardait s'approcher le Ford. En voyant ses lèvres bouger, Bolan comprit qu'en fait, il parlait dans un micro fixé au revers du survêtement. Il dépassa le 4x4 noir, un Range Rover qui lui parut vide ; s'arrêta à hauteur de la passerelle du *Paulina* et remarqua, à son sommet, un chariot élévateur Clark prêt à enfourcher les caisses pour les hisser à bord. Le tout à l'abri des regards indiscrets…

Le Noir lui fit signe, d'un geste impatient, de se placer dans l'alignement de la passerelle, où lui-même s'engagea, afin sans doute de le guider. Il avait cessé de parler. Derrière lui émergea une autre silhouette, en blouson coupe-vent. Un Blanc plus très jeune et corpulent, au crâne dégarni. Au bout de son bras pendait un mini-Uzi. Au moment de manœuvrer, Bolan sentit sur lui le regard insistant du type. Instantanément, le canon de l'Uzi se releva dans sa direction. C'était le réflexe de quelqu'un qui découvre que le nouvel arrivant n'est pas celui qu'il connaît…

Le gros homme chauve cria quelque chose au Black et dévala la passerelle, courant vers le Transit, l'Uzi braqué. Le Guerrier avait déjà plongé une main dans le sac contenant son équipement de survie. Tout en écrasant l'accélérateur, il la ressortit armée.

Sous les grands chênes baignés de lumière vaporeuse, face à l'ample courbe du Mississippi, un petit avant-goût d'enfer se déchaîna.

CHAPITRE IV

Descendre la passerelle au pas de course tout en tirant avec précision n'allait pas de soi. L'Uzi balaya le paysage d'un mouvement syncopé, et la rafale rata en grande partie la cible. Des balles ricochèrent sur la tôle, à l'arrière du Transit, mais la plupart se perdirent dans les branches basses, chassant une nuée d'oiseaux qui s'égaillèrent en piaillant.

Sautant au bas de la passerelle, l'homme chauve tenta de corriger le tir, mais le temps d'assurer son équilibre, ainsi que sa prise sur la crosse rétractable, la riposte de l'Exécuteur claqua, foudroyante. Un projectile siffla aux oreilles du bonhomme. Il n'avait pas encore repris haleine que la deuxième balle de 9 mm tirée par le Beretta le toucha à l'épaule et le projeta en arrière. Il effectua un demi-tour express sur lui-même avant de tomber. L'index crispé sur la détente de l'Uzi, il expédia vers les nuages une courte rafale, avant que le pistolet-mitrailleur lui échappe des mains. Puis il roula sur le sol en geignant, comprimant son épaule fracassée d'où fusait un flot de sang charriant des fragments d'os.

Au-dessus de lui, le Black au bonnet, incrédule, ne

savait à quelle priorité se vouer. Porter secours au blessé, plonger au sol pour se protéger, ou répliquer avec l'automatique tiré de sa ceinture… Il s'accroupit et plissa les yeux face au soleil qui perçait les frais feuillages.

— Le rate pas, ce salopard ! l'encouragea le chauve, recroquevillé à ses pieds, le teint livide. Il m'a eu, putain !

Affolé, le Black tira à l'aveuglette, encaissant le recul du lourd pistolet. Puis il pensa à soutenir son poignet armé avec sa main libre, et pressa deux fois la détente. Il eut l'impression que son épaule se déboîtait. Le.45 Automatic chromé qui faisait si forte impression aux corners, ces coins de rues squattés par les dealers, pesait une tonne, facile ! Mais il avait percé deux trous ronds dans le flanc du fourgon… Le Black dut se retenir d'exulter bruyamment !

Le Transit braqua, dérapa sur le bas-côté de l'allée. L'herbe y était humide, le sol meuble. Les roues y creusèrent de profondes ornières. Le moteur s'emballa, le fourgon s'arracha, bondit en avant et décrivit un arc de cercle, poursuivi par les balles. Elles sifflaient, criblaient la tôle, firent exploser un déflecteur, puis la vitre passager. Le porte-flingue vidait son chargeur en poussant des petits cris de joie et en sursautant à chaque départ… S'il avait pu s'exercer encore un moment, nul doute qu'il aurait fini par faire mouche !

Mais, soudain, le Colt claqua à vide et son épaule endolorie se contracta pour rien. Par la vitre passager du fourgon, réduite en miettes, un bras tendu à l'extérieur pointait sur lui un automatique. Lequel tonna deux fois. Le Black s'était jeté à terre, il roula sur lui-même, rampa frénétiquement pour remonter à bord. Bolan tenait le

Beretta dans sa main gauche et le volant dans la droite. Les projectiles chuintèrent sur les plaques de fer de la passerelle, à quelques centimètres de la tête coiffée d'un bonnet…

Le Black n'exultait plus du tout. Il se jeta d'une détente à l'abri du chariot élévateur, et faillit lâcher dans l'eau son Colt bien encombrant. Dans son oreillette, une voix demanda, fébrile :

— Jason ? C'est quoi, ce bazar ?

Jason, hors d'haleine, se tassa sur lui-même et mit quelques secondes à répondre. Les lèvres tremblant contre le micro fixé à sa veste, il hoqueta :

— C'est pas Salkowiack, dans le Ford ! Stan a morflé…

Il y eut un silence, puis un cri de rage.

— C'est Birdy ? Encore lui ?

— Non ! Un Blanc ! Qu'est-ce qu'il fiche, nom de Dieu ?

— Comment ça, tu le vois pas, ce qu'il fiche ? s'étrangla la voix. Tu l'as sous ton nez, non ?

Jason bredouilla dans le micro, en ravalant un sanglot :

— J'ai plus de balles…

— On arrive ! fit la voix énervée. Reste planqué, ducon !

Accroupi derrière le Clark, Jason ne voyait pas autrement son avenir immédiat. Il jeta un coup d'œil vers l'extrémité de l'allée menant à l'embarcadère et crut entendre un bruit de moteur, à défaut d'apercevoir le 4x4 des guetteurs qui s'étaient assurés que le Transit n'était pas suivi. Puis il observa ce qui se passait sous son nez et écarquilla des yeux stupéfaits.

Le Transit s'était extrait du bas-côté herbu, avait effectué une courte marche arrière et, face à la passerelle, accélérait tout à coup furieusement. Jason n'y croyait pas. Le Ford fonçait tout droit pour grimper à bord du *Paulina* ! Et lui se trouvait sur son chemin…

Stan également. Il s'était tant bien que mal redressé sur les genoux, et cherchait un appui sur la rambarde pour se remettre debout. Il n'en eut pas le temps. Le Ford avala les quelques mètres qui le séparaient de la passerelle et l'escalada comme s'il entrait dans la soute d'un ferry !

La passerelle était juste assez large, mais pas suffisamment pour permettre à Stan de s'effacer. Il eut beau rentrer sa bedaine, l'aile du Transit le percuta au niveau de l'épaule ; l'autre, celle qui était valide… Stan perdit l'équilibre, voulut se rattraper à la portière du conducteur et tomba sur le flanc. Il évita d'un coup de reins d'être écrasé, mais ce fut pour choir en arrière, dans l'eau marronnasse de la berge, où il fut instantanément suffoqué par le froid, aveuglé et aspiré par la boue…

Le Transit patina sur les plaques d'acier, assez rigides pour supporter son poids, mais humides. Elles se mirent à tanguer dangereusement. Bolan, d'un coup d'accélérateur, se propulsa en avant. A l'instant où le fourgon basculait sur le pont et tamponnait violemment le Clark, Jason se dressa comme un ressort hors de son abri et balança dans le pare-brise du Transit son gros Colt inutile… Le verre, étoilé par le projectile qui avait fracassé la vitre latérale, dégringola en une myriade d'éclats. Des échardes avaient criblé les mains de l'Exécuteur ; il en reçut d'autres dans la figure. Le.45 Automatic lui frôla la tempe et rebondit derrière lui contre la première caisse.

Des projectiles tirés par le Glock avaient perforé les emballages et des filets de poudre blanche suintaient des tubes brisés et des cartons troués. Jason, en plus de gaspiller ses munitions, avait gâché la marchandise.

Au lieu de bondir en arrière, il resta stupidement paralysé, effrayé par le visage constellé de débris de verre de Bolan. Le chariot, heurté de plein fouet, tournoya comme une toupie dans l'espace dégagé du pont et les fourches lui fauchèrent les chevilles. Cela produisit de sinistres craquements d'os fracturés, aussitôt surpassés par des hurlements de douleur. Jason bascula dans l'ouverture de la trappe laissée béante sur le pont, par où les cartons contenant la drogue devaient être descendus pour être entreposés au fond de la vedette. Le Clark oscilla au bord de l'ouverture, puis suivit le même chemin. Un choc sourd ébranla la structure du *Paulina*, des grincements métalliques supplantèrent les hurlements du blessé, qui cessa net de se plaindre.

Dérapant sur le pont, le Transit rebondit contre le rouf, valdingua à l'opposé contre le bastingage et continua sur sa lancée, entraîné par la vitesse acquise et par la pente soudaine. Le *Paulina* s'était cabré sous les assauts brutaux, et donnait de la gîte. Lorsque Bolan s'éjecta de la cabine du fourgon, agrippant une rambarde et se hissant dessus pour ne pas être écrasé, il aperçut par la trappe ouverte un bouillonnement saumâtre, au fond du bateau. La voie d'eau était sévère, une vraie vague déferla dans la soute. En même temps que le *Paulina* piquait du nez dans le fleuve, le Transit fracassa le bastingage de proue et plongea droit dans le remous, dans un grand fracas de tôle compressée. Il resta un instant planté à la verticale, à moitié immergé, puis le tourbillon créé par l'avarie du bateau le fit tanguer et il culbuta cul par-dessus tête, ses roues seules demeurant visibles au ras des flots…

Un peu étourdi, Bolan sauta du pont sur la passerelle, au moment où les attaches de celle-ci craquaient. Il se laissa glisser puis, d'une détente des jarrets, regagna la rive, son sac de survie battant son flanc, le Beretta toujours assuré dans sa main…

Il allait en avoir besoin.

Dans l'allée menant à l'embarcadère, un 4x4 noir venait de freiner brutalement, et deux hommes en giclèrent pour assister, stupéfaits, au naufrage du *Paulina*, et à l'engloutissement dans le Mississippi du Transit et de son chargement à deux millions de dollars… S'ils étaient les derniers interlocuteurs de Jason, ils devaient supputer que le rendez-vous avec le prétendu Salkowiack s'était mal passé. Mais ils étaient loin d'imaginer à quel point…

Le plus nerveux des deux braquait déjà dans la direction du rescapé un court pistolet-mitrailleur Skorpio. Le second, sans doute plus impressionnable, restait bouche bée devant le spectacle de désolation.

Avant que ne crépite la rafale promise, le Guerrier embrassa d'un coup d'œil le décor agreste, dans la douce lumière tamisée par le feuillage vert tendre des chênes. Au-delà des deux hommes, il décela, au loin, une certaine agitation. Deux voitures approchaient à vive allure… Celle de tête, il l'aurait juré, était une Mercury Grand Marquis… Avec un couple à l'intérieur. Les Fédéraux, peut-être pour déjouer la surveillance d'éventuels guetteurs, avaient pris leur temps. Ils avaient bien fait. Ils trouveraient le travail non seulement mâché, mais quasiment digéré…

Il ne restait à Bolan qu'à régler un ou deux détails. Le plus urgent consistait, en une fraction de seconde, à plonger à terre pour esquiver la rafale du Skorpio. L'essaim tueur d'ogives de 9 mm hacha l'air au-dessus de lui, déchirant le silence tout juste revenu d'un staccato funèbre. Bolan roula sur lui-même, stabilisa sa position et tira deux fois.

Le Beretta était moins volubile que le Skorpio, mais pas moins piquant. Il délivra deux dards venimeux seulement, enchaînés si rapidement qu'ils ne produisirent qu'une seule détonation, à laquelle un cri sourd fit écho. Le porte-flingue trop pressé pour être précis s'écroula, une jambe lui manquant tout d'un coup pour se tenir debout… ainsi qu'un poumon pour respirer.

Son comparse trop émotif hésita, pendant une ou deux secondes. C'était beaucoup trop, en l'occurrence. Dans son dos enflaient des bruits de moteur, du renfort pour l'homme qui avait causé tout ce désastre, imagina-t-il. Devant lui, l'individu en question, prestement relevé, ne songeait nullement à fuir… Il se mettait à courir droit sur lui, au contraire.

Le bonhomme voulut, dans un élan charitable, soutenir le blessé et le traîner vers leur véhicule. A moins qu'il n'ait eu la tentation de s'en servir comme bouclier, tout en lui subtilisant le Skorpio, qui lui aurait été bien utile, car il avait laissé son arme dans la voiture.

Bolan ne lui en laissa pas le temps. Il fut sur lui en quelques enjambées, le frappa à la mâchoire d'un direct, agrémenté d'acier par la poignée du Beretta. Le type tomba à genoux, exposant sa nuque à une manchette qui le fit s'écrouler, inconscient. Bolan arracha le Skorpio des mains de l'autre, qui ne s'en plaignit pas plus que cela. Une mousse sanglante au bord des lèvres, il avait épuisé tous ses droits à réclamation…

Bolan s'installa dans le 4x4, un Land Cruiser Toyota. La clé était au contact, il lança le moteur, contourna les deux types étendus sur la chaussée et accéléra. Alors qu'il s'éloignait, il entendit derrière lui des coups de freins et des crissements de pneus. Les agents fédéraux n'étaient pas du genre à rouler sur des corps. Même pas sur des cadavres.

Ils trouveraient tout de même un survivant avec qui faire la conversation, et les sujets ne manqueraient pas…

A chaque coin de rue, l'apparition de la Cadillac Escalade blanche suscitait les mêmes réactions : les groupes de jeunes désœuvrés qui stationnaient sur les trottoirs se retournaient, admiratifs, adressaient des signes de reconnaissance et des sourires. Les vrais piétons, ceux qui marchaient dans la rue pour se rendre quelque part, et pas seulement pour squatter le bitume, préféraient en général détourner le regard et hâter le pas. Voire changer de direction, si le gros SUV aux chromes étincelants faisait mine de ralentir à leur hauteur. Et puis, à certains carrefours, l'Escalade marquait le stop, bien qu'il n'y eût quasiment pas de trafic, une ou deux silhouettes se détachaient des façades d'immeubles ou des devantures des rares commerces encore en activité, et venaient se pencher à la portière conducteur. La glace fumée descendait et le visage étroit de Sonny Boy se montrait.

Ce matin-là, du port à Garden District et à Broadmoor,

soit tout le quartier d'Uptown, que le Mississippi enserrait dans une large boucle, chaque arrêt donna lieu au même échange : un mouvement de menton interrogatif, traits figés et regard dur, adressé par le mulâtre à ses gens de confiance dans la rue. Et en réponse, le même mouvement de tête négatif, parfois assorti d'une phrase fataliste :

— Toujours rien…

Ou bien colérique :

— Le rat sort plus de son trou !

Sonny Boy remontait la glace et repartait. A partir de 11 heures, il y eut davantage d'animation à certains coins de rue. Les premiers clients venaient se ravitailler auprès des dealers. A Broadmoor, au coin d'Eden Street et de Washington Avenue, un grand Black dégingandé traversa la chaussée en chaloupant pour aborder la Cadillac. La vitre n'était pas baissée d'un centimètre qu'il lança, devançant la question muette de Sonny Boy :

— J'ai presque plus rien à fourguer, SB ! C'est pour quand, la livraison ? A la saint-glinglin ?

Patsy affichait son éternel grand sourire, dévoilant des dents d'une blancheur éclatante, mais son regard ne rigolait pas du tout. Il était toujours bien habillé, mais portait sous son blouson en daim un Smith & Wesson nickelé qu'il n'hésitait pas à laisser entrevoir, quand il requérait l'attention.

Ce n'était pas le cas avec Sonny Boy. SB était toujours très attentif à ce que disait Patsy Ferraud.

— C'est pour ce soir, répondit-il. Sans faute !

— Super ! Tu sais que j'ai une clientèle qu'est jamais rassasiée…

Le rire de Patsy se heurta au masque fermé de Sonny.

— Elle a les moyens, faut dire ! ajouta-t-il, hilare.

Patsy Ferraud fournissait un large éventail de population, une clientèle moins démunie que dans le sud d'Uptown, qui passait par-là pour se rendre dans le quartier d'University District, tout proche, ou dans celui de Central Business, à peine plus éloigné. Le corner de Patsy, en fait un petit drugstore pimpant dont son cousin était le gérant, était le meilleur point de vente de la tournée matinale de Sonny Boy.

Mais, ce matin, ce n'était pas le chiffre d'affaires ni les problèmes de stock qui intéressaient le mulâtre. Comme Patsy se dandinait d'un pied sur l'autre sans aborder le sujet, il fut obligé de poser la question, cette fois.

— Ce sale rat de Birdy, il n'a toujours pas montré le museau ?

Patsy secoua la tête.

— Quand il sort de son égout, c'est pas par ici qu'il traîne, dit-il. Il sait comment il serait reçu, ajouta-t-il en écartant le pan de son blouson, révélant le M-39 dans son étui de ceinture.

— Je m'en doute, acquiesça Sonny Boy.

Il allait remonter sa vitre quand un portable posé sur le tableau de bord se mit à vibrer. Patsy jeta un coup d'œil à l'appareil et rigola de nouveau.

— C'est un vieux truc, dis donc, que t'as là…

C'était celui de Lofty, mais Sonny Boy ne releva pas. Il saisit le portable, pianota et vit s'afficher un texto adressé à Lofty. S'arrangeant pour masquer l'écran à Patsy, il lut :

« Où t'es ? Faut se voir, ça urge. Cat. »

Il réfléchit, croisa le regard de Patsy rivé sur lui. Eteignit le portable et demanda :

— Cat, ça te dit quelque chose ?

— Une morue, ou un chat ?

Le sourire de Patsy se figea en un rictus. Il cracha entre ses dents :

— Ou les flics de Russell ?

Le superintendant Gerald Russell dirigeait la *Crime Abatement Team* chargée au sein du *New Orleans Police Department* de lutter à la fois contre la grande criminalité et contre la corruption dans la police… Une tâche qui s'apparentait à « Mission : impossible »…

— Lofty n'a pas de pote chez les flics, murmura Sonny Boy, d'un ton qui signifiait qu'il se prenait à l'instant à en douter. Et Birdy non plus…

Patsy lorgna le portable, puis le visage du mulâtre. Cessa de rigoler et dit sèchement :

— Ça se saurait… un truc pareil !

— T'as mille fois raison, Patsy, approuva Sonny Boy, en remontant la glace.

Indifférent au camion de livraison bloqué derrière lui, mais dont le chauffeur, raisonnablement prudent, n'osait pas protester, il prit son temps pour repartir.

Sur le seuil du drugstore, ils étaient trois, un Blanc en jean et deux Noirs en costume cravate, à patienter sans se plaindre, eux non plus, attendant que Patsy veuille bien les servir personnellement. Il les avertit à voix basse en passant près d'eux :

— Pas plus d'une dose par personne, les mecs. Je suis à court, là. Mais ce soir, y aura de quoi !

Au volant de l'Escalade, Sonny Boy avait rallumé le téléphone de Lofty et passait en revue les numéros à la mémoire, par acquit de conscience, car il avait déjà épluché le répertoire et aucun ni aucune « Cat » ni figurait. Puis il eut l'idée de regarder la liste des appelants. Le même numéro, associé à aucun nom, revenait trois fois depuis la veille. Celui d'un portable. On n'avait pas laissé de message. Il appuya sur la touche de rappel. On répondit à la première sonnerie. Une voix féminine nerveuse, angoissée :

— Lofty ? Quand même… t'as eu mon texto…

Sonny Boy eut juste le temps de grommeler un « oui ».

— Faut que tu lui parles, enchaîna très vite la femme qui devait être Cat. C'est de la folie, ce truc… Ça va mal finir…

— Où t'es ? demanda Sonny Boy, tout en klaxonnant pour couvrir en partie le son de sa voix.

— Où tu veux que je sois, bon Dieu ? Au club ! Je bosse, je…

Elle s'interrompit net, reprit d'un ton changé :

— T'es dans un taxi, Lofty ? A 11 heures du mat ?

Pris au dépourvu, Sonny Boy ne sut quoi dire, tenta de grommeler de nouveau un acquiescement. Cette fois pleine de méfiance, la voix grimpa soudain dans les aigus.

— Lofty ? Où tu es ? Parle-moi…, cria-t-elle, puis, au c, après une seconde de silence, elle raccrocha.

Sonny Boy serra le portable dans son poing avant de le jeter sur le siège passager. Il roulait vers le centre. Il accéléra brutalement, doublant malgré la circulation nettement plus dense. Il en était encore à se torturer les méninges pour trouver dans quel club pouvait bosser une fille nommée Cat, amie de Lofty, quand son propre portable sonna. Plus précisément, celui qui se trouvait dans la poche intérieure de son trois-quarts en cuir, d'une teinte assortie aux sièges de la Cady. Son portable personnel, avec le numéro réservé aux très proches. Son portable top discret, parmi les trois ou quatre qu'il possédait. Il s'était engagé sur la bretelle d'accès à l'expressway à hauteur du Superdome, en direction de North Claiborne Avenue. Avec l'intention de ratisser Iberville, et l'espoir de passer ses nerfs sur le premier enfoiré du 4e ward qui aurait la malchance de croiser son chemin.

Il prit une profonde inspiration, avant de répondre.

Ce n'était pas Frank Malencon, comme il s'y attendait, mais Ramon « El Chango » Guttierez.

— Tu ferais bien de rappliquer, mon pote ! annonça le Mexicain d'une voix rêche comme du papier de verre.

— Tu tombes mal, je suis occupé, amigo…

— Tu l'as trouvé ? aboya Ramon.

— Je le cherche ! répliqua Sonny Boy d'un même ton.

— Laisse tomber ce connard de Birdy ! On a mieux à faire…

— Sans blague ! J'aimerais bien savoir…

— Tu vas le savoir ! hurla dans l'appareil, derrière le Mexicain, la voix tonitruante de Frank Malencon. Si tu ramènes ta gueule !

Sonny Boy verdit, mais serra les mâchoires et se retint de répliquer. Pour hurler ainsi, et soumettre à la torture ses poumons à moitié cramés, le boss devait être dans tous ses états.

— O.K., j'arrive… Qu'est-ce qui se passe, bon Dieu ?

Il perçut la respiration sifflante de Malencon. Ce fut Guttierez qui répondit, lugubre :

— On a perdu le *Paulina* ; et ce qu'il y avait dedans…

CHAPITRE V

Bolan avait regagné La Nouvelle-Orléans sans être suivi, et en évitant d'emprunter l'I10 où l'on avait probablement découvert, sur une aire de repos du côté de l'aéroport, le cadavre de Greg Salkowiack.

Il avait garé sa voiture de location dans un parking non gardé au nord du Quartier français, à trois rues du domicile du convoyeur de drogue. Il y entra au volant du Land Cruiser, avec l'intention d'abandonner celui-ci sur place, et de repartir avec le Volkswagen Touareg. Mais la curiosité lui fit inspecter l'intérieur du Toyota, et ce qu'il y trouva lui suggéra une autre idée. Outre le Skorpio récupéré sur le cadavre du porte-flingue, et un Smith & Wesson Combat Magnum conservé dans le vide-poches côté conducteur, une mallette rigide glissée sous la banquette arrière contenait un pistolet-mitrailleur Mac 10 avec chargeur de 32 cartouches de 9mm Parabellum, et trois grenades défensives. De quoi donner l'assaut à un repaire bien gardé…

L'Exécuteur n'hésita pas longtemps. L'occasion était trop belle d'aggraver un peu plus le désordre qu'il avait commencé de semer. Au lieu de transférer cet arsenal dans le Touareg, il repartit avec le Toyota. Il avait placé la mallette sur le siège passager, à portée de main.

Iberville Street, parallèle à Canal Street, la principale artère commerçante de La Nouvelle-Orléans, traversait tout le centre-ville en direction des faubourgs nord. Le secteur de Mid City où Bolan se rendait avait été durement touché par l'ouragan Katrina, en 2005. Des maisons envahies par les eaux, des bâtiments effondrés, des immeubles désertés par leurs habitants. Beaucoup de ceux-ci n'étaient jamais revenus. Décédés, disparus, ou simplement trop démunis pour remettre en état leurs logements. Des pillards étaient passés, puis des squatters s'étaient installés, puis des junkies. Les gangs avaient fait leur nid dans quelques pâtés de maisons laissées à l'abandon, que la municipalité et les services sociaux débordés n'avaient ni les moyens ni la volonté de remettre en état.

IberRealEstate, une société immobilière née après Katrina, avait prospéré sur les décombres provoqués par l'ouragan. Des dizaines de maisons vides, des centaines d'appartements inhabités : toute cette zone propice au trafic de drogue et à la délinquance était devenue une proie facile, pour des affairistes sans scrupule. IRE avait racheté tout ce qu'elle pouvait racheter, pour une bouchée de pain. Et pour rien lorsque les propriétaires avaient disparu. Elle n'avait pas chassé les squatters, ni contrarié les dealers. Au contraire. Ceux-ci contribuaient grandement à rendre le quartier mal famé. Discrètement encouragés, ils l'avaient rendu invivable. En conséquence, les derniers habitants qui s'y accrochaient avaient fini par partir, les prix avaient un peu plus plongé. IRE régnait sur une poche de pus urbain, à un quart d'heure de Bourbon Street et de ses attractions touristiques. Quand elle serait purgée, assainie, réhabilitée, elle se transformerait en jackpot pour les promoteurs…

Sept ans après Katrina, IRE voyait ses efforts près d'être récompensés. Elle avait lancé un vaste programme de rénovation, soutenu par la municipalité. Le dernier obstacle à sa réalisation, c'étaient les gangs du 4e ward, ainsi qu'on appelait jadis le quartier, qui s'étaient si bien installés qu'ils ne voulaient plus décamper… Après s'être servie d'eux, IRE ne parvenait pas à s'en débarrasser.

Elle comptait sur les autorités pour déloger les indésirables, mais celles-ci s'étaient révélées impuissantes, trop timorées ou trop gourmandes. Elle avait donc embauché une armée de vigiles, pour nettoyer le quartier. Au prix de quelques fusillades, et d'une flopée de morts violentes, elle en avait récupéré une partie, rasant les maisons, murant les immeubles à mesure qu'elle les vidait. Ce qui restait d'irréductibles du 4e ward occupait encore un îlot de part et d'autre de Galvez Street, une tache en plein milieu de Mid City, un coupe-gorge qui gâchait les jolis plans coloriés d'IRE tels qu'ils étaient exposés sur de grands panneaux à l'entrée du siège, un bâtiment rutilant, tout de verre et acier, sur Iberville Street, non loin de Claiborne Avenue.

Du terre-plein menant à l'entrée, on pouvait voir, à une rue de là, de l'autre côté d'un chantier de démolition, les murs lépreux où Katrina avait laissé son empreinte, jusqu'à un mètre cinquante de hauteur. Les graffitis à la gloire du 4e ward, quoique délavés, étaient encore lisibles.

Y compris celui, en grandes lettres rageuses, qui vouait à l'enfer « Malencon l'enfoiré ».

Le fondateur et propriétaire d'IberRealEstate, société immobilière dont il avait fait sa vitrine légale, n'était autre en effet que Frank Malencon.

Un dessin malhabile signait le graffiti. Il évoquait aussi bien une trompette qu'un P.-M. Skorpio, semblable à celui qui se trouvait sous la banquette du Land Cruiser, tandis que l'Exécuteur s'arrêtait devant le siège d'IRE. Dans d'autres rues de Mid-City, il avait repéré le même tag, assorti d'une promesse : « Birdy te fera danser dans les flammes, Malencon l'enfoiré »...

Charlie « Birdy » Fraser, dealer et musicien, n'avait peut-être jamais vécu dans le 4e ward, ni fait partie du gang qui s'y identifiait, mais il en était devenu le héros, depuis qu'il s'attaquait aux intérêts de Malencon...

Bolan pencha la tête, faisant mine d'admirer le cube ultramoderne monté sur pilotis. Le vigile planté devant portait un gros revolver à la ceinture, ainsi qu'une matraque, et à la main un riot gun. Pas d'uniforme, mais un blouson matelassé orné d'un badge « IRE Security ». Il fit d'abord signe au Toyota de circuler, en montrant avec mauvaise humeur à son conducteur un panneau d'interdiction de stationner pourtant bien visible ; puis son visage s'éclaira d'un sourire et il traversa l'esplanade. Bolan devina qu'il avait reconnu le Land Cruiser. Il abaissa la vitre côté passager et l'entendit qui disait :

— T'es revenu tout seul, Pitch ?

Son visage gras s'encadra à la portière. Ses petits yeux porcins se plissèrent et il enchaîna d'un ton méfiant, en constatant sa méprise :

— Cette bagnole, j'avais pourtant cru…

— Ils sont restés là-bas, dit Bolan. Pitch et son pote… Y a eu du grabuge…

— Quoi encore ? demanda le vigile en le dévisageant.

— Devine…

— Ce salopard de Birdy !

— Tout juste… Les gars ont eu besoin de renfort…

Bolan posa la main sur la mallette rigide trouvée dans le Toyota.

— Y a quelqu'un, à cette heure ? J'ai ça à remettre…

Le vigile fronça les sourcils, tâchant de réfléchir. Il était presque midi et c'était difficile à toute heure.

— Ben, à part Betty…

— On peut lui faire confiance, non ?

— Oh ! ça oui !

— Elle le gardera bien au chaud…

— Dans le coffre, pas de souci ! Elle a l'habitude ! assura le gros type avec un clin d'œil.

Il devait imaginer la mallette bourrée de liasses de dollars.

— Je vous suis, alors, suggéra Bolan en montrant d'un signe de tête le bâtiment.

L'autre hésita, jetant alentour un regard soupçonneux.

— Mon collègue va pas tarder à revenir, il s'est juste absenté deux minutes…

— Je n'ai pas de temps à perdre, avec le bazar là-bas ! fit sèchement Bolan, en empoignant la mallette et en sortant du Land Cruiser.

Dompté, le gros fit volte-face et le précéda jusqu'à la porte d'entrée, aussi sécurisée que celle d'une banque. Du moins en théorie, car lorsque le vigile eut appuyé sur un bouton et déclaré dans l'Interphone, avec un coup d'œil à la caméra de vidéosurveillance : « Monsieur est pressé, Betty, ouvre… », un déclic lui répondit, et ils se retrouvèrent dans un sas. A l'instant où s'ouvrait la seconde porte, Bolan capta un éclair dans le regard du vigile. Un regain de méfiance, un doute. L'homme baissa les yeux sur la mallette. Quelque chose lui échappait…

Bolan ne lui laissa pas le temps d'approfondir, il entra le premier. Une femme blonde d'âge mûr se leva derrière un immense comptoir d'accueil en forme de vague, pour lui annoncer :

— Je suis désolée, monsieur, mais ils sont tous à l'inauguration du Centre Saint-Louis… Si vous pouviez repasser après déjeuner…

— Je voulais juste déposer ceci, c'est important, et je suis très pressé, dit-il en posant la mallette sur le comptoir. Si vous pouviez la mettre au coffre…

— Le coffre, bien sûr… mais…

Elle jeta un regard ulcéré au vigile, dont Bolan perçut l'embarras. Puis elle fixa le visiteur et demanda crânement, en redressant la taille :

— Qui êtes-vous, d'abord ?

Dans le silence, le déclic des fermetures de la mallette fit un bruit incongru. Betty sursauta, le vigile s'approcha. En même temps que le couvercle se relevait, lui révélant le contenu du précieux bagage, le canon du Beretta 93-R s'enfonça dans les replis de son cou. Sa stupéfaction fut telle qu'il se laissa déposséder du riot gun sans résister. Il bredouilla une vague question. Reçut pour toute réponse un coup de pied latéral qui lui faucha les tibias. Il s'étala de tout son long sur le dallage du hall. Tenta de se relever, mais un coup de crosse sur le crâne le fit replonger, le nez sur le faux marbre. La crosse du Hi-Standard était robuste… et l'orifice du canon court effrayant, quand Bolan le pointa sur Betty, la dissuadant de faire un pas de plus vers ses téléphones. Malgré son fond de teint, la blonde était livide, pas loin de tourner de l'œil en louchant sur celui, rond et noir, du fusil. Elle leva les bras, son double menton tremblotant au point que la double rangée de perles de son collier tintinnabula.

— Où est le coffre ? demanda calmement l'Exécuteur.

Betty indiqua une porte sur le côté.

— Montrez-moi…

Elle s'empressa. Derrière elle, Bolan replaça le Beretta dans son étui de ceinture et emporta la mallette, après en avoir extrait deux grenades défensives.

Le bureau où il pénétra sur les talons de Betty était luxueux, assez vaste pour accueillir une vingtaine de personnes autour d'une table de réunion modulable, et leur offrir, pour se délasser et se prélasser, un bar, un home cinéma, des canapés et fauteuils en cuir. Une magnifique table de travail de P.-D.G., en chêne doré, trônait du côté de la baie vitrée donnant sur une terrasse paysagée. Et dans un angle, anachronique et massif, se dressait un modèle de coffre-fort à l'ancienne, une armoire en fer avec un cadran à molette.

— Ouvrez-le, que je dépose ma carte de visite, ordonna Bolan.

Betty hésita, lorgna le riot gun et s'exécuta.

— Je suppose que les documents importants ne s'y trouvent pas, remarqua Bolan. C'est juste pour impressionner le visiteur…

Betty ne cilla pas, n'esquissa aucun sourire. Elle murmura avec le plus grand sérieux, en s'écartant de la porte ouverte :

— Il sert à des dépôts temporaires…

Bolan s'approcha. Le coffre-fort contenait des armes, du même genre que celle qu'il avait confisquée au vigile, ainsi que trois mallettes rigides identiques à celle trouvée dans le Land Cruiser. Il en rafla une et l'ouvrit. Elle renfermait un pistolet-mitrailleur, trois automatiques et des chargeurs. Il en ouvrit une autre. C'était sa jumelle : des chargeurs, des grenades. La dernière était moins lourde. Elle n'était remplie qu'à moitié de billets verts… Une jolie cagnotte quand même.

— L'équipement indispensable à une société immobilière efficace, commenta Bolan. Vous travaillez pour une maison sérieuse…

Le canon du Hi-Standard frôla la tempe de la secrétaire, menaçant l'intégrité de son impeccable permanente.

— Ce n'est pas l'heure d'aller déjeuner, Betty ?

— Je… excusez-moi, je n'ai pas faim…

— Vous sortez quand même !

Elle se dirigea vers la porte, en se tortillant comme si elle avait du mal à retenir un besoin pressant. Elle n'osa pas regarder derrière elle pour voir ce que faisait Bolan. Il la rejoignit sur le seuil, ordonna :

— Débranchez le verrouillage des portes. Sans traîner ! Tout va sauter…

Elle se précipita pour obéir et poussa un cri de frayeur en apercevant le vigile à demi redressé au milieu du hall, son automatique à la main. Il tentait de viser, malgré le sang qui lui brouillait la vue, coulant dru d'une vilaine plaie au cuir chevelu. Les risques d'un vilain métier, que le gros imbécile entendait exercer jusqu'à la lie... Il était tellement vexé de s'être fait rouler dans la farine par le visiteur, et fébrile au moment de se racheter en abattant l'intrus, qu'il en tremblait. Un héros parkinsonien... Prenant de vitesse l'index boudiné qui tâtonnait sur le pontet, l'Exécuteur fit feu le premier, le Hi-Standard calibre 12 à la hanche. La détonation, assourdissante, roula entre le faux marbre du sol et le capitonnage prétentieux des murs. La décharge de gros plombs, à cette courte distance, n'eut guère le temps de se disperser. Saisi entre le bas-ventre et la poitrine par une gerbe d'impacts, le vigile fut littéralement décollé du sol, épinglé au mur où il resta un instant suspendu, crucifié, troué comme une écumoire, répandant par tous ses pores une bouillie dégoulinante. Il mourut en fuyant de partout...

Au diapason, Betty sentit sa vessie la trahir, tandis qu'elle contemplait, bouche bée, le tableau hyperréaliste et sanguinolent qui décorait tout un côté du hall... Puis, quoique morte de trouille et de honte, elle se mit à courir.

L'Exécuteur se hâta vers le bureau resté ouvert, y balança deux grenades dégoupillées. L'une rebondit à l'intérieur du coffre-fort, l'autre fracassa un écran plat. La double explosion se produisit alors qu'il rebroussait chemin vers la sortie, à grandes enjambées. Le bâtiment en trembla sur ses bases.

Betty était dans le sas, terrorisée. La déflagration lui coupa le souffle. Elle poussa un cri de souris et s'assomma à moitié contre un encadrement de porte, quand Bolan lui glissa à l'oreille une phrase d'adieu, avant de s'éclipser :

— Donnez à vos patrons le bonjour de Birdy et de son orchestre.

Au fond du hall, des débris de bois, de verre, de plâtre, des morceaux de cloisons et de faux plafonds retombaient dans un nuage de poussière. Par le mur éventré, on apercevait la vaste pièce ravagée. La baie donnant sur la terrasse était pulvérisée et le magnifique bureau réduit en miettes.

Au milieu de l'esplanade, le bruit de l'explosion avait figé un grand gaillard en blouson matelassé, pistolet à la ceinture, les bras encombrés de paquets de hamburgers, de frites, de chips… sans compter deux gobelets de Coca. Il écarquilla des yeux incrédules en voyant un inconnu enjamber le corps de Betty et quitter le bâtiment, une mallette dans une main, un riot gun dans l'autre.

Lorsque l'homme le croisa, il réalisa que le Hi-Standard braqué sur lui était le sien, confié à son collègue le temps d'aller faire ses emplettes. Le canon court secoua un des gobelets, du Coca gicla sur son visage. Il leva les bras et le menu du jour de Chez Oscar, la meilleure cantine de ce tronçon d'Iberville Street, se répandit à ses pieds et sur son blouson.

— Pas de blague, hein ! Tu voudrais pas mourir l'estomac vide, lui susurra Bolan en lui prenant son arme à la ceinture.

Le vigile resta pantois, jusqu'à ce qu'une explosion sourde déclenche une alarme, au siège d'IRE. Il se mit alors à courir vers le bâtiment, sans même jeter un coup d'œil derrière lui. Mais, de toute façon, le Toyota Land Cruiser était déjà loin…

*
* *

A l'autre bout de Mid City, sur Saint-Louis Street, une estrade était dressée devant un bel immeuble tout neuf, au fronton duquel une banderole annonçait que l'avenir du 4e ward commençait là.

L'homme en costume sombre planté devant un micro, au milieu de l'estrade, ne disait pas autre chose, depuis dix minutes qu'il avait commencé son discours. Ce centre social magnifique préfigurait l'avenir du quartier ; une page tournée, une vie meilleure pour ses habitants… Ceci réaffirmé, M. le maire avait une grande quantité de personnes et d'organismes à remercier, pour leur contribution à cette réalisation décisive. Les personnes en question, ainsi que les représentants des divers organismes, formaient devant lui l'essentiel de son auditoire. Si on y ajoutait les journalistes, les photographes et les agents de sécurité disséminés ici et là, cela représentait une copieuse affluence. Il y avait même, aux derniers rangs de l'assistance, quelques habitants du quartier.

Les futurs usagers du centre social n'étaient pas venus en masse, en dépit des affiches placardées partout qui les conviaient à la cérémonie. Et ils restaient imperméables aux discours. Tout au plus curieux de mettre un nom sur les visages des huiles de la mairie, et sensibles, pour les plus vieux, à la mention du 4e ward, l'ancienne dénomination du secteur.

Alors que le maire concluait sa péroraison, on entendit au loin des sirènes de pompiers. Un homme au premier rang reçut un appel sur son portable, écouta en cachant l'appareil de sa paume. Quand il se retourna pour glisser quelques mots à l'oreille de son voisin, il avait le teint verdâtre.

Alors que l'orateur invitait l'assistance à entrer dans le bâtiment où les attendait un buffet, un mouvement de reflux gagna les premiers rangs, il y eut des exclamations et des courses, une ruée vers les voitures.

— Mais enfin, Warren, qu'est-ce qui se passe ? s'écria le maire en retenant par la manche un homme aux cheveux blancs, le directeur d'IberRealEstate.

Ce dernier l'avait précédé sur l'estrade, pour lire de la part de Frank Malencon, la cheville ouvrière du formidable projet qui les réunissait ce jour, un bref discours plein d'émotion. Seules des raisons de santé avaient empêché Malencon d'être présent parmi eux, avait-il ajouté, en fixant les représentants de la presse…

A présent, les journalistes avaient tous le portable à l'oreille, en fonçant dans le sillage de ceux qui s'en allaient. Warren répondit d'une voix sourde :

— Une explosion au siège, un court-circuit et un début d'incendie !

Puis, avec colère, il ajouta :

— Et ce n'est pas un accident !

Bolan entendit derrière lui les sirènes, en remontant Saint-Louis Street, et ne tarda pas à croiser des voitures pressées, qui filaient en direction d'Iberville Street. Quand il atteignit le centre social, il découvrit une estrade vide, quelques personnes désemparées qui s'agitaient sur le seuil et, dans le hall, des badauds indécis… La banderole censée mobiliser la population pour rendre son avenir radieux paraissait bizarrement défraîchie.

Une Lexus LS 600 lui coupa la route pour faire demi-tour sur Saint-Louis Street, l'obligeant à freiner. Le passager, à l'arrière, un homme aux cheveux blancs à l'expression furieuse, le traversa du regard sans paraître le voir. Son chauffeur, crâne rasé et carrure de lutteur, rictus dédaigneux, lui dédia au contraire un regard appuyé et peu amène, avant d'accélérer.

Bolan fit de même, dans la direction opposée. Il tourna deux fois, dans des rues bordées de chantiers ou de maisons aux portes et fenêtres condamnées. En approchant de North Galvez Street, des indices de vie se repéraient, sous une forme furtive et méfiante…

Des silhouettes fuyaient à l'approche du Land Cruiser. Des coups de sifflet retentissaient sur son passage. Des jeunes Noirs plantés à un coin de rue observèrent avec insistance le 4x4 et le dévisagèrent. Au-dessus de leurs têtes, une inscription annonçait la couleur : « Fais gaffe, ici c'est le 4e ward. »

En débouchant face aux quatre voies séparées par un terre-plein de Galvez Street, Bolan jugea l'endroit propice. Il s'arrêta en bordure d'un petit parking rempli d'épaves, entre la voie express et un groupe d'immeubles en briques délabrés, aux façades cloquées de salpêtre. Du linge ou des pots de marijuana décoraient certaines fenêtres, d'autres étaient calfeutrées par des découpes de bâche en plastique. Au coin de rue le plus proche, il repéra deux jeunes dealers. Plusieurs types déambulaient alentour. Clients, guetteurs… Tout le monde avait enregistré son arrivée et, comme il ne sortait pas de voiture, tout le monde observait le Toyota. Un des dealers s'esquiva, portable à l'oreille, en direction de la cité. Les jeunes gens désœuvrés furent tout à coup plus nombreux, au coin. Mais ils ne faisaient pas mine de bouger. Bolan baissa la vitre et mit le bras à la portière. Vigilant, mais tranquille.

C'était un message assez clair, et il n'eut pas à attendre longtemps. Le pick-up surgit derrière lui et pila à sa hauteur dans un crissement de pneus. Un Chevrolet Silverado qui avait connu des jours meilleurs, à l'époque où ses occupants étaient encore au biberon…

Le plus âgé des trois Blacks serrés sur la banquette conduisait, et il n'avait guère plus de vingt ans. Le plus menaçant était accoudé à la vitre baissée, et tendait le cou à l'extérieur. Il mâchait du chewing-gum et laissait voir un gros automatique, négligemment tenu dans sa main droite. C'est celui du milieu qui parla. Il avait la peau plus claire que ses deux potes, le front ceint d'un bandana, l'accent traînant.

— T'es dans la bagnole de cet enfoiré de Pitch, mais t'es pas l'enfoiré de Pitch ! dit-il en postillonnant sur son voisin. Sinon, tu serais déjà mort !

— T'as raison, confirma Bolan, mais Pitch ne compte pas… Il n'est plus dans la course… Ni lui ni son pote au Skorpio…

— Speedy ? Tu l'as buté ? demanda le jeune voyou, le regard luisant.

— En tout cas, son Skorpio est là, derrière, se contenta de répondre Bolan. Le flingue de Pitch aussi…

Il y eut un silence. Des grimaces crispées, des yeux embrumés d'herbe qui pesaient le pour et le contre. Le conducteur ânonna :

— T'entends ça, Julius ? Leur bagnole, leurs flingues ! Putain, j'y crois pas… Ce mec a…

— La ferme ! lui intima Julius.

Il fixa Bolan et enchaîna, agressif :

— Tu veux quoi ?

— Il y a d'autres armes et même des grenades, poursuivit Bolan en montrant du pouce l'arrière du Toyota. Vous risquez d'en avoir besoin bientôt…

— Ah ouais ? Pourquoi ?

— Les potes de Speedy et Pitch doivent être en rogne. Et aussi les vigiles d'IRE, et tous les gros bras de Malencon l'enfoiré…

Il fixa tour à tour les trois jeunes, s'arrêta sur Julius.

— Leur siège tout neuf a sauté, sur Iberville Street… Ils vont rappliquer par ici avant longtemps…

— On n'y est pour rien, bon Dieu ! s'indigna le plus proche des garçons, mastiquant de plus belle.

— C'est pas ce qu'ils croient, eux… Un coup pareil, c'est signé Birdy, ou les mecs du 4e ward…

Le gars resta bouche bée. Julius se mit à rire et le chauffeur, qui n'était pas sûr d'avoir tout compris, contempla Bolan comme si c'était un martien.

— Je vous laisse la bagnole et ce qu'il y a dedans, ajouta l'Exécuteur.

Julius redevint aussitôt sérieux. Il avait vite pigé.

— Comme si on avait fait le truc, hein ?

L'idée le séduisait. Il demanda :

— Tu veux quoi, en échange ?

— Que tu transmettes un message à Birdy…

Une bulle de chewing-gum claqua, avec un bruit de

détonation. Les trois voyous du 4e ward éclatèrent de rire ensemble.

Bolan était descendu du Land Cruiser, portant seulement son propre sac à dos, et ils l'avaient tenu à l'œil pendant qu'ils faisaient le tour du 4x4, l'examinaient sous toutes les coutures, puis inventoriaient son contenu. Pas de piège …, avait conclu Julius.

Ils avaient poussé des exclamations en s'emparant des armes déposées à l'arrière. Un vrai arsenal, de quoi faire face, en cas d'assaut.

Ils avaient ensuite émis des sifflements en ouvrant la valise en métal contenant un paquet de dollars. Puis coulé en direction de Bolan des regards remplis d'incompréhension. Julius avait écarté les autres et refermé la mallette d'un geste brutal. Les armes l'allèchaient, l'argent le perturbait.

— J'ai partagé, avait précisé Bolan, histoire de le rassurer.

A ce moment, le portable de Julius avait sonné. Il avait écouté, sourcils froncés, avant de raccrocher sans dire un mot. Il avait ensuite annoncé :

— Ça a pété dans leur saloperie d'IRE ! Même que ça brûle ! Attentat à la grenade, qu'ils disent.

Il avait l'air inquiet, alors que ses deux acolytes poussaient des cris de joie et se tapaient dans les mains.

— Ça va saigner, on se grouille ! avait-il décidé.

En un clin d'œil, il avait réparti les armes et les rôles, passé des coups de fil et donné des ordres. Un vrai chef de bande.

Quand il eut terminé, le Silverado repartit, avec les

deux autres à bord. Le corner de la cité était désert. Julius revint vers Bolan, qui n'avait pas bougé, et montra le Land Cruiser.

— Je te dépose…

Bolan remonta dans le 4x4, cette fois comme passager. La mallette, laissée ouverte sur la banquette arrière, béait sur l'argent et trois armes de poing, avec des chargeurs de rechange. Tout le temps qu'ils roulèrent dans le quartier, Julius ne parut pas s'en soucier. Il fit plusieurs fois halte à des coins de rue et donna des instructions aux adolescents qui s'y trouvaient en faction. Expliquant chaque fois que c'était bien la voiture de l'enfoiré de Pitch, mais que Pitch n'était plus dans la course. Ni Speedy…

— Ce Pitch, finit par demander l'Exécuteur, pourquoi il est si célèbre ?

Julius repartit vers le nord et, après un silence, consentit à expliquer :

— Lui et son pote Speedy, pour fêter leur putain de nouvelle bagnole, l'année dernière, ils ont fait une descente chez Driss, et buté deux copains. Puis ils ont embarqué Driss et sa serveuse, Molly. Ils les ont tabassés, et ensuite attachés au pare-chocs arrière, au bout d'une corde, et ils les ont traînés en roulant à fond, dans le terrain vague de Lafitte Avenue. Molly s'est éclaté le crâne sur une pierre. Driss, ils l'ont achevé de deux balles. Après, ils sont revenus chez lui et…

Julius s'interrompit, braqua dans une rue transversale et peu après freina devant un ensemble de bâtiments à l'abandon, qu'un écriteau promettait à une prochaine démolition. Un grand panneau, arborant en très grosses lettres le nom d'IberRealEstate, annonçait la construction, sur cet emplacement, d'un ensemble résidentiel. Derrière, on apercevait ce qui restait d'une maison typique des faubourgs de La Nouvelle-Orléans, après un cataclysme qui n'avait rien à voir avec l'ouragan Katrina. Le toit s'était effondré, les murs étaient calcinés, le perron et la galerie réduits en cendres. Accrochée à un moignon de poutre noirci, une plaque se balançait, dérisoire vestige indiquant : « Chez Driss, Restaurant français. »

— Ils sont revenus et ont foutu le feu, reprit Julius.

Il redémarra et conclut :

— Qu'ils crament à leur tour, ils l'ont pas volé...

Bolan aurait pu le détromper, l'incendie ne ferait pas de victimes. Mais il imaginait déjà Julius revendiquant l'attaque du siège d'IRE, pour venger Driss et ses amis.

Alors il se contenta de demander :

— Et Birdy ?

— Il est pas d'ici ! répliqua aussitôt Julius. Lui, c'est le 9e ward... Rien à voir avec nous...

Un bloc plus loin, il lâcha :

— Molly était sa petite amie... Et Driss un pote avec qui il aimait jouer... Driss, Lofty et lui... un sacré trio !

Ils étaient arrivés à la lisière nord du 4e ward. Julius stoppa le Land Cruiser, rabattit le couvercle de la valise et glissa celle-ci sous son siège. Pour la première fois depuis qu'ils étaient assis côte à côte, il tourna la tête vers Bolan et leurs regards se croisèrent.

— Tu devrais aller voir Katie, dit Julius ; elle bosse dans un club du Vieux Carré, le Pink Cat... Sur Dauphine Street. Katie du Pink Cat... c'est pas sorcier !

— Et elle est... ?

— La sœur de Lofty. Ou demi-sœur, parce que ce gros Black-là, imaginer qu'il a une sœur aussi blanche que toi ou moi… je peux pas !

Sur quoi Julius, le mulâtre, éclata d'un grand rire.

CHAPITRE VI

Assis dans un rai de soleil sur la terrasse qui dominait le lac Cataouatche, dans un fauteuil assez large pour contenir son énorme masse, Frank Malencon sentait la douleur qui lui poignardait la poitrine s'atténuer peu à peu. Sa respiration sifflait encore, il avait du mal à tenir ouvertes ses lourdes paupières, mais l'effet de la piqûre améliorait tout de même son état.

Le médecin n'était jamais loin, au besoin on le faisait chercher en hélicoptère, mais, depuis deux jours, il n'avait pas quitté la grande demeure à l'extrémité de Golden Meadow. Il avait le gîte et le couvert assurés, plus un dédommagement généreux… De quoi se serait-il plaint ? De trop de mauvaises nouvelles, évidemment… Une accumulation qui nuisait beaucoup à la santé de son client. Mais, pour y remédier, ce n'était pas sur lui qu'on pouvait compter.

Malencon avait fait tirer le fauteuil à l'endroit exact où le soleil, à cette heure, lui réchaufferait le corps, mais pas la tête, qu'il avait besoin au contraire de garder froide.

La contemplation du paysage magnifique était propice à la réflexion. La prairie ondulait, ceinturée d'arbres, puis descendait en pente douce vers les eaux sombres du lac. Des chênes au tronc énorme traçaient une ligne de verdure sur fond d'horizon liquide. Une douceur de printemps, colportée par une brise légère, lavait l'atmosphère des lourds remugles du bayou.

Il fallait au moins tout ce décor idyllique pour affronter l'avalanche de catastrophes qui avait fondu ces dernières heures sur la tête de Frank Malencon.

Lofty, le *Paulina*, et maintenant l'attentat contre le siège d'Iberville Street…

La mort prématurée du premier n'était qu'une vague contrariété, comparée à la perte de la livraison de drogue, sans compter que le bateau valait un bon paquet… Il enrageait encore, hors de lui, quand Warren l'avait appelé, pour l'informer de l'attaque du siège.

L'attaque, c'est lui qui avait failli l'avoir. Il s'était senti terrassé, anéanti, la poitrine broyée dans un étau, le cerveau liquéfié, le corps en flanelle. Heureusement que le toubib était là… Mais à présent qu'il allait un peu mieux, il avait toutes les peines du monde à rester éveillé, à tendre le bras pour attraper la clochette posée près de son fauteuil. Il l'empoigna pourtant, la fit tinter. Une seule fois suffit. Le vieux Rufus était à deux pas, invisible et attentif. Efficace comme toujours.

— Va me chercher Sonny Boy, articula péniblement Malencon. Il est encore là, au moins ?

— Bien sûr, Frankie. Au téléphone. Je vais l'appeler…

Pour Rufus, Malencon restait « Frankie », le gamin qu'il emmenait dans son bateau pêcher le crabe et la crevette, quand il avait dix, douze ans. Cela remontait à plus de trente ans… Rufus était devenu vieux, Frankie était devenu riche. Ils restaient liés par des souvenirs, des secrets, du sang versé, et quelques larmes…

Malencon reconnut le claquement des bottes de Sonny Boy sur les lames de la terrasse. Demanda sans tourner la tête :

— Du nouveau ?

— C'était Warren, répondit Sonny Boy, en s'asseyant à distance du fauteuil, sur la chaise qu'il avait apportée.

Malencon, économe de ses mots, l'interrogea d'un mouvement de menton. Pour un obèse, il gardait des traits encore assez nettement dessinés. Mais les cernes sous les yeux éteints, la peau grise fripée et la mollesse de la bouche aux commissures affaissées le faisaient paraître bien plus vieux que ses quarante-cinq ans. Presque un vieillard, plus usé que Rufus, qui approchait pourtant les quatre-vingts…

Sonny Boy expliqua de sa voix éraillée :

— Il y a de gros dégâts au rez-de-chaussée, et un vigile transformé en passoire par une décharge de son propre riot gun ; le crétin s'est laissé désarmer… Mais l'incendie a été vite maîtrisé. Un court-circuit électrique, les dalles du faux plafond ont fondu… Et après…

— Mon bureau ?

— Ce salopard a balancé les deux grenades dedans.

Malencon accusa le coup.

— Fichu… tout ?

L'air recommençait à lui manquer. Rufus, resté deux pas en arrière, intervint, plaqua un masque à oxygène sur la figure du Cajun. La bouteille était suspendue au dossier du fauteuil. Lorsque la respiration fut plus régulière et le masque ôté, Sonny Boy, assez froidement, reprit :

— La pièce est complètement saccagée, oui. Il a vidé le coffre… Les mallettes d'armes, le fric…

L'expression du grand mulâtre était impassible, son regard noir indéchiffrable. S'il prenait un malin plaisir à retourner le couteau dans la plaie, il n'en laissait rien voir. Rufus, quant à lui, ne s'y trompait pas : il le fixait d'un air réprobateur. Ce dont Sonny Boy n'avait cure…

— C'est le même type que ce matin sur le *Paulina*, continua-t-il.

Malencon eut un haut-le-corps à ce rappel. Rufus se tenait prêt à intervenir de nouveau.

— Il était dans le Land Cruiser de Pitch et Speedy, le chauffeur de Warren est formel… Et le signalement correspond, j'ai appelé Madsen, à Duplessis Airport… Un Blanc…

Malencon crispa le poing et pinça les lèvres, comme pour le faire taire, mais Sonny Boy décrivit, sans lui faire grâce d'aucun détail, l'homme que le chef de quai avait vu au volant du Transit à 7 heures du matin. Le même qui avait tant effrayé Betty sur le coup de midi, et qui passait peu après devant le centre Saint-Louis.

— Ce n'est pas Birdy ! conclut Sonny Boy. Peut-être un pote à lui, mais certainement pas lui…

Birdy était devenu au fil des derniers mois leur cauchemar, et voilà qu'il faisait des émules. A cette idée, Malencon crispa les deux poings et c'est Rufus qui pinça les lèvres, ulcéré de voir comment on le torturait.

— Il est encore pire que Birdy, c'est sûr, insista Sonny Boy. Ce qu'il nous a coûté aujourd'hui, bon Dieu… c'est l'équivalent de dix Birdy pendant une année !

Cette fois, Malencon suffoqua. Rufus se précipita pour le soulager, et ne put se contenir :

— Ça suffit, lança-t-il à Sonny Boy. Vous cherchez quoi, à la fin ?

— Tu veux hâter la fin du boss, amigo ? intervint Ramon « El Chango » Guttierez, en apparaissant tout à coup sur la terrasse. Il a pourtant besoin d'être ménagé, non ? Il peut encore servir, tu es trop pressé, à mon avis…

Sonny Boy jeta un coup d'œil au visage de Malencon, se demandant si ce dernier avait entendu les propos du Mexicain. Impossible à déterminer, mais Rufus n'en avait pas raté une miette, lui, évidemment. Sonny Boy, furieux de son regard accusateur et du petit sourire malin de Guttierez, se leva d'un bond, renversant sa chaise d'un coup de talon.

Malencon haletait comme un chiot, sous le masque, et gardait les yeux clos. Il semblait s'être endormi…

Sonny Boy s'éloigna, se campa face à Guttierez et demanda :

— Alors ? Tu as trouvé une solution ?

— J'ai cherché une solution, amigo… J'en saurai plus ce soir.

Le Mexicain ne faisait rien pour dissimuler la répulsion que lui inspirait Sonny Boy, ses bagues, ses tatouages, sa tenue moulante en cuir noir…

— Qu'est-ce que je dis à mes gars, moi ? interrogea le mulâtre.

— Ils sont à court ?

— Certains, oui. J'ai promis qu'ils seraient livrés aujourd'hui…

— Promis à beaucoup ? questionna sèchement Guttierez.

— Non, juste un ou deux, s'énerva Sonny Boy en détournant la tête.

— Patsy Ferraud, par exemple ?

Sonny Boy n'aimait pas le ton insinuant du Mexicain, ni qu'il lui parle de ses revendeurs… Guttierez continua pourtant :

— Demande-lui s'il n'a pas une petite réserve personnelle pour faire la soudure, le temps qu'on mette en route une prochaine livraison.

— Qu'est-ce que tu veux dire ?

« El Chango » haussa les épaules.

— Quand Patsy prétend être à sec, il rationne ses clients et augmente ses prix. Si besoin, il va frapper à la porte de Giacomo Ragusa… Il n'est pas regardant, Patsy…

Sonny Boy fronça ses sourcils pâles, presque blancs. Ragusa était le dernier rescapé des familles italo-américaines qui avaient autrefois régné sur le trafic à La Nouvelle-Orléans. Il contrôlait un fief sur l'autre rive du Mississippi, à cheval sur Algiers et McDonoghville. Si Patsy allait se fournir chez lui, il prenait un sacré risque. Celui de recevoir deux balles dans la tête, tirées de chacune des deux rives…

Comment le Mexicain était-il au courant de ce genre de chose ? se demanda Sonny Boy.

— Ragusa n'a pas de problème de ravitaillement, lui ?

— Pas que je sache, répondit Guttierez. Mais sa camelote n'arrive pas à la cheville de la nôtre, il la coupe avec une telle merde… S'il dépanne Patsy, il y a des clients qui vont râler ! Je dirais à Patsy d'être patient, si j'étais toi…

— Merci du conseil, lâcha Sonny Boy entre ses dents, avant de s'écarter pour pénétrer dans la maison.

Edifiée à l'emplacement où le père de Frank, Tommy Malencon, avait autrefois bâti de ses mains une pauvre cabane de pêcheur en rondins, la maison de Gold Meadow était un grand chalet luxueusement aménagé. Tout ça parce qu'une nuit, il y avait trente ans de cela, Tommy avait remonté dans ses carrelets, au lieu de crevettes, un sac étanche qui renfermait une dizaine de briques d'un kilo. Une cargaison jetée d'un hors-bord pris en chasse par les agents fédéraux.

Tommy n'avait rien dit à personne, excepté Rufus, mais avait su quoi faire de la drogue… Il l'avait convertie en centaines de milliers de dollars. Puis avait mis son bateau au service du trafic, pour que la mésaventure survenue cette fois-là ne se reproduise plus… Avec lui, pas de risque de s'égarer dans le bayou. Personne ne le connaissait mieux que lui.

C'est ainsi qu'avait débuté la fortune des Malencon, et la cabane en rondins du lac Cataouatche était devenue l'une des plus belles demeures du delta.

Sonny Boy s'apprêtait à la quitter pour monter dans la Cadillac blanche et repartir en ville, quand un téléphone sonna à l'intérieur. Il rebroussa chemin et aperçut Rufus, véloce malgré son âge, qui se précipitait dans la grande pièce du rez-de-chaussée pour répondre. La conversation fut brève, le vieux Cajun raccrocha brutalement.

— Quoi encore ? voulut savoir Sonny Boy, sur le seuil.

— Carswell, soupira Rufus. Il est au courant, pour le *Paulina*… et pour le reste aussi.

— Et furieux, évidemment.

— Inquiet, aussi. Il veut voir Frankie aujourd'hui

même, chez lui… Je lui ai pourtant dit qu'il allait mal, mais il n'en démord pas.

— Une convocation à son domicile, hein ? persifla Sonny Boy. Il ne doute de rien, Carswell ! A quelle heure ?

— 20 heures. Il enverra une voiture le chercher, et même, s'il le faut, une ambulance !

— Un associé aux petits soins !

Sonny Boy marqua une pause puis reprit :

— Je serai de retour avant ce soir, je l'emmènerai dans l'Escalade. Et j'irai chez Carswell, moi aussi.

Rufus approuva, visiblement soulagé.

— Toi qui connais la ville comme ta poche, lui demanda tout à coup Sonny Boy, un club et Cat, ça t'évoque quoi ?

Rufus réfléchit, puis un sourire éclaira son visage buriné, comme si un souvenir agréable lui revenait.

— Le Pink Cat, sur Dauphine Street, répondit-il. On allait y écouter du bon jazz, avant que tous ces touristes débarquent.

— Merci, j'irai voir.

Sonny Boy gagna à grandes enjambées la Cadillac. Rufus revint auprès de Frank Malencon. Il dormait. Guttierez marchait de long en large dans la prairie, son portable à l'oreille. La conversation, en espagnol, semblait rude.

Le vieux Cajun redressa la chaise renversée par Sonny Boy, la rapprocha du fauteuil et s'y assit, pour veiller sur « Frankie »…

La Mercury Grand Marquis était engluée depuis un moment dans les embouteillages de l'entrée de La Nouvelle-Orléans, et Ruth Correa ne s'était pas privée d'ironiser sur le talent d'un enfant du pays comme

Ed Barnes pour y échapper… Le grand Black prit la première bretelle de sortie de l'expressway et se lança dans un itinéraire *bis* compliqué, qui leur fit passer en revue tous les faubourgs ouest, de Southport à Carrollton et Uptown. Plus ils se rapprochaient du centre, plus le décor urbain se dégradait, marqué par les stigmates de Katrina, la misère et les déprédations.

Ils avaient laissé leurs collègues Robson et Chesnot à Wallace, devant l'épave du *Paulina*, en compagnie d'une ribambelle de policiers locaux. Tina Chesnot, en tant que capitaine de la CAT, avait pris la direction des opérations. Le bilan était vite fait. Hormis un blessé sérieux, évacué vers le plus proche hôpital, et trop sonné pour pouvoir parler, il n'avait à compter que des cadavres. Un dans la cale envahie d'eau du *Paulina*, un autre noyé dans la vase de la berge, le troisième abattu sur la chaussée. Celui-là, Barnes l'avait reconnu.

— Il se fait appeler « Speedy », un roi de la gâchette…

— Il est tombé sur un os, hein ?

— Ce sont tous des porte-flingues de Frank Malencon, avait conclu le special agent.

— Ça nous mène où ? Sur les rives du lac Cataouatche ?

— Ce serait en pure perte.

Barnes avait raison, et Ruth Correa devait l'admettre : faute d'éléments flagrants, de témoins, de preuves, ils n'avaient pas les moyens de s'attaquer à la tête du trafic.

Ils en avaient discuté en roulant vers La Nouvelle-Orléans.

— Le copain de Speedy parlera peut-être, avait espéré Correa.

— On essaiera. C'est peut-être pour ça qu'on l'a laissé en vie.

— Comment ça ?

— Ce type ne fait pas de quartier. S'il épargne quelqu'un, j'imagine qu'il a ses raisons…

— Et il sait qu'on est à ses trousses, à votre avis ?

— J'en ai bien l'impression. Pas vous ?

Cela aussi, Correa devait l'admettre.

— On le file, mais c'est lui qui nous mène en bateau, c'est ça ?…

Barnes était convenu que c'était une impression désagréable. Ruth Correa, à cette idée, s'enflammait. Elle avait le sang chaud.

— Ce salaud nous prend pour des marionnettes ! Il nous le paiera !

— Pour le moment, on n'a pas l'air de l'impressionner beaucoup.

Cet apparent fatalisme avait fâché la jeune femme et elle n'avait plus rien dit, rongeant son frein. L'appel de ses collègues d'El Paso, alors qu'ils traversaient Garden District, la fit sortir de son mutisme. Ben Thompson et Bob Lewis étaient arrivés trop tard à Wallace pour prendre en charge le Ford Transit. Ils avaient également raté le Toyota Land Cruiser fuyant le lieu de la tuerie. Ils avaient néanmoins continué vers La Nouvelle-Orléans, en espérant le rattraper. La chance ne leur avait pas souri, mais ils venaient de recevoir de ses nouvelles. Par les policiers de la CAT, les collègues de Tina Chesnot.

— Ils lui ont mis la main dessus ? s'écria Correa, reprenant espoir.

— Ils sont sur ses traces ! corrigea Lewis, avec son

fort accent texan. Un attentat contre le siège d'une société immobilière, dans Mid City.

— Attentat ? répéta Correa, interloquée.

— A la grenade ! Un vigile descendu. Il n'a pas eu le temps de se servir de son flingue. Le mec l'a haché menu au riot gun ! Il lui avait piqué son fusil... Il y a une survivante et un témoin, l'autre vigile, qui...

— Mais quel rapport avec notre type ? s'énerva Correa.

— Land Cruiser noir, plaques de La Nouvelle-Orléans. Un homme seul. Blanc, costaud, cheveux courts grisonnants... Ça correspond, non ?

— Peut-être... Il a disparu ?

— Ouais, on dirait bien.

— Quelle adresse, quelle société ? intervint Barnes, assez fort pour que Lewis l'entende.

— IberRealEstate, Iberville Street...

L'agent spécial de la D.E.A. poussa un juron.

— On se retrouve là-bas, Bob, décida Correa avant de raccrocher.

Elle se tourna vers Barnes, n'eut pas besoin de poser de question.

— C'est une boîte qui appartient à Frank Malencon, lui apprit-il. Sa vitrine légale...

— Notre type ne perd pas de temps..., constata Correa après un silence.

— S'il continue à nous entraîner dans son sillage, il finira par nous emmener au lac Cataouatche !

— Et il ne nous restera plus qu'à compter les cadavres ? Très peu pour moi !

Ruth Correa bouillait tellement d'indignation que Barnes se retint de lui dire le fond de sa pensée, qu'il aurait pu résumer d'une phrase : « S'il fait le boulot à notre place, je veux bien m'en contenter ! »

Frank Malencon se réveilla en sursaut, la lèvre supérieure humide de sueur. Le soleil avait atteint son visage et il avait trop chaud sous le plaid. Il se redressa dans le fauteuil, l'œil vif, la poitrine soulagée d'un poids, stimulé par l'impression d'avoir dormi quinze heures. En même temps, il eut envie de fumer, et la bataille quasi quotidienne recommença…

Il était seul sur la terrasse, mais n'eut pas le temps de saisir la cloche que Rufus apparut dans l'encadrement de la porte-fenêtre. Derrière lui, il distingua une silhouette, qui se tenait en retrait. Peut-être à cause d'un rêve qu'il venait de faire, Malencon songea au Ruger .357 Magnum à canon court qu'il portait d'habitude, il esquissa même un geste vers sa ceinture. Mais, ces derniers temps, comme ses déplacements étaient réduits à des allers et retours entre sa chambre et la terrasse, son revolver favori était resté dans la table de chevet près de son lit. A l'idée d'être aussi vulnérable, les poumons comme des plaies à vif et aucune arme à portée de main, sa nuque adipeuse se couvrit d'une sueur froide.

— Rufus ? Qu'est-ce qu'il y a ? lança-t-il en repoussant le plaid sur ses genoux.

— C'est Luke, Frankie. Luke Borderon. Il veut te parler.

— Ça ne peut pas attendre ? J'ai soif ! Trop chaud, aussi !

Le timbre sonore de la voix et le souffle moins bruyant indiquèrent à Rufus que Malencon allait beaucoup mieux. Il se leva même sans aide. Rufus tira le fauteuil à l'ombre.

— Il prétend que c'est important, dit-il. J'ai fait du café…

— Apporte-m'en une tasse. Avec du cognac…

Il faillit ajouter « et un cigare », mais balaya son envie d'un revers de main.

— Fume-le pour moi, murmura-t-il en croisant le regard entendu du vieux Cajun, qui l'aida à se rasseoir.

Le visage parcheminé de Rufus se plissa. Il fit claquer sa langue.

— Je préfère un joint, dit-il.

— A ta guise, mais ne m'approche pas avec ! J'aurais trop de mal à résister ! s'exclama Malencon, puis il cria en direction du seuil : Approche, Luke ! Qu'est-ce que tu as à me dire ?

Le jeune Cajun aux cheveux crépus, en blouson de cuir, s'avança timidement. Il attendit que Rufus ait réintégré la maison pour répondre :

— C'est au sujet de mon oncle, Phil Trousseau…

Les yeux sombres de Malencon, profondément enfoncés sous les arcades proéminentes, s'égayèrent.

— Mon vieux pote Phil ! Une paye que je ne l'ai pas vu ! Qu'est-ce qui lui arrive ? Il a besoin d'argent ?

Comme Luke baissait la tête sans répondre, Malencon lui fit signe de s'asseoir sur la chaise proche, puis continua :

— Pourquoi il n'est pas venu me voir lui-même ? Il sait bien que si je peux l'aider…

Il s'interrompit, le temps que Rufus dépose près de lui, sur un guéridon, du café et une flasque de cognac français. Il huma l'air mais n'y décela que l'arôme du café.

— Va fumer ton pétard au diable ! plaisanta-t-il.

Rufus repartit. Luke se tortillait sur sa chaise, mal à l'aise.

— Alors, mon gars, tu accouches ?

Le jeune homme mit plusieurs secondes avant de se décider.

— Phil est venu chez moi m'engueuler, tout à l'heure, finit-il par dire. Parce que je travaille pour vous…

— Et qu'est-ce que tu lui as répondu ?

— Que je ne voulais pas passer ma vie à pêcher des crevettes !

Un rire silencieux secoua les replis graisseux du cou et du thorax de Malencon.

— Bonne réponse, mon garçon. Alors, c'est quoi, le problème ?

— C'est que Phil m'a vu ce matin sur le lac, en train de balancer le mec à la flotte…

— Le mec… ?

— Le cadavre du gros Black… Lofty, précisa Luke en rentrant les épaules.

Il y eut un silence. Un lointain parfum de marijuana chatouilla les narines de Malencon, sans les faire frémir. C'est Luke qui frissonna, quand le boss reprit, d'une voix très douce :

— Phil t'a dit qu'il avait vu un cadavre ? Il a prétendu…

— Non, non ! se récria Luke. Mais il nous a observés, il pêchait par là, ce matin…

En quelques phrases entrecoupées de silences gênés, Luke rapporta le sermon que Phil Trousseau, sous le coup de la colère, était venu lui tenir une heure auparavant. Un discours assorti de menaces. Quand il eut terminé, Malencon se pencha vers lui et lui tapota le genou.

— Tu as bien fait de venir m'en parler, fiston… Phil n'irait pas raconter ça à la police, non… Qui le croirait, d'ailleurs ? Il viendra plutôt demander de l'argent, monnayer son silence… S'il ose se pointer ici ! Mais venir te faire la morale comme ça, comme si tu étais encore un gamin… Il exagère, là ! C'est quoi, ces façons ? Il se prend pour qui ?

Le regard de Malencon ne lâchait pas celui de Luke, et y lisait autre chose que de la peur ou de la colère à l'égard de Phil Trousseau. Non, si Luke était si mal à l'aise, ce n'était pas à cause de son oncle, mais à cause de ses propres hésitations. Il avait pris un savon pour avoir tiré à l'aveuglette et provoqué la mort prématurée de Lofty, et il voulait se racheter, soit. Mais en plus, mais surtout, il avait la tentation de quitter la bande. De fiche le camp… Irait-il jusqu'à baver chez les flics ? « El Chango », le matin même, au retour de l'expédition sur le lac, s'était emporté contre lui, prenant Rufus à témoin :

— Il n'a pas grand-chose dans la tête, avait-il lancé, en racontant la bévue de Luke ; et dans le ventre, encore moins ! Vous lui faites confiance quand même, à ce péteux ?

Luke fit mine de tourner la tête, mais Malencon lui saisit le menton, le forçant à le regarder.

— Voilà ce que tu vas faire, mon gars, pour apprendre à Phil Trousseau à te donner des mauvais conseils… C'est lui qui va la recevoir, la leçon… Ecoute-moi bien…

A travers la baie vitrée, Rufus, tout en tirant sur son joint, vit Luke qui rentrait la tête dans les épaules et se rétractait, à mesure que Malencon lui exposait ce qu'il attendait de lui. Quand il eut terminé, le jeune homme acquiesça et, comme Frank insistait, il hocha vigoureusement la tête. Puis il se leva et s'éloigna comme un automate, regardant droit devant lui.

Rufus revint sur la terrasse. Malencon l'interpella :

— Ramon est encore là ? Dis-lui de conduire le gamin, et de s'assurer qu'il fait bien ce qu'il a à faire... Après ça, Luke ne songera plus à nous fausser compagnie...

Comme Rufus tardait à réagir, il demanda :

— Quoi encore ?

— Carswell a appelé, Frankie... Il veut te voir ; ce soir.

Malencon écouta, et le souffle parut de nouveau lui manquer. Rufus s'approcha, et se rendit compte que Frank, les yeux mi-clos, humait avec délices la fumée du joint à demi consumé qu'il tenait entre ses doigts.

— Tu ne devrais pas, Frankie !

— Assez de sermons, tu ne vas pas t'y mettre aussi !

Il agrippa le poignet de Rufus et l'empêcha de s'éloigner. Inspira la fumée et sentit la douleur se réveiller dans sa poitrine. Une lame de rasoir lui lacérait les poumons.

— J'ai besoin de réconfort, murmura-t-il, le souffle court. J'ai rêvé que quelqu'un venait me descendre.

CHAPITRE VII

Même en plein jour, le chat rose qui servait d'enseigne au club, sur la portion de Dauphine Street où se jetait Bourbon Street, se remarquait de loin. Il ressemblait plus à un saxophone qu'à un chat, d'ailleurs, et clignotait éperdument au fronton d'une maison de deux étages, seul de son espèce à la ronde, en attendant l'heure avancée de la soirée où rappliqueraient les touristes avides d'authentique, puis, plus tard encore, les amateurs de jazz, les vrais…

Sur une palissade de chantier, dans une rue transversale, Bolan avait repéré, au-dessus d'affiches déchirées, celle qui annonçait le passage au Pink Cat, durant une semaine, d'un trio comprenant Lofty Brown, Driss Mintoka et Charlie « Birdy » Fraser… Cela remontait au printemps précédent.

Le chat contorsionniste clignotait, mais au-dessus d'une porte fermée qui ne laissait filtrer aucun signe de vie. Et au numéro de téléphone du Pink Cat, un message enregistré invitait à rappeler après 18 heures, pour réserver. Au volant du Touareg, récupéré là où il l'avait laissé à l'aube, Bolan avait fait le tour du pâté de maisons.

Il revint se garer devant un petit centre commercial au coin de Dauphine Street, observa un camion de ramassage d'ordures qui faisait halte au fond du parking. Un passage débouchait là. Des éboueurs en sortirent, qui poussaient des containers sur roulettes. Sur l'un d'eux, un chat rose était tagué. Lorsque le camion fut reparti, Bolan emprunta à pied la venelle. Elle desservait une succession de cours, à l'arrière des maisons. Dans la dernière, parmi les poubelles vides, il repéra celle qui s'ornait d'un chat rose, poussée devant une porte en fer qui donnait à coup sûr à l'arrière du club. Cette porte-là était fermée, elle aussi. Et les deux étages, au-dessus, ne montraient pas plus d'indices d'une quelconque présence à l'intérieur.

Bolan rebroussa chemin, remonta dans le Volkswagen et refit le numéro du Pink Cat. Sans plus de succès, mais bizarrement le message n'était pas le même qu'une heure avant. Le club était fermé et on était prié de rappeler plus tard, indiquait une voix de femme, sèche et laconique.

Bolan allait se résigner à repartir quand il aperçut un vieux pick-up Ford F100 chargé d'un bric-à-brac hétéroclite qui s'engageait dans le parking. Un jeune Black en T-shirt et casquette des Saints conduisait. Il traversa le parking et, comme le camion-benne auparavant, stoppa à hauteur du passage. Il resta au volant, sans couper le moteur. Bolan distinguait son visage. Il transpirait et avait les cheveux gris de poussière. Il passa sur son portable un appel, très bref. Puis scruta le parking, les traits fatigués, le regard inquiet. Il n'eut pas le temps de prêter attention au Touareg. Une femme en jean et blouson de toile, blanche de peau mais coiffée à l'afro, nettement plus âgée que lui, surgit du passage et s'engouffra dans le F100. Bolan eut l'impression qu'elle transpirait, elle aussi, mais pas pour les mêmes raisons que le conducteur du pick-up. Lequel démarra aussitôt, sortant du parking au nez d'un bus, faisant brinquebaler son chargement même pas arrimé, au risque d'en perdre une partie.

Bolan démarra à son tour, vira derrière le bus, puis suivit le Ford dans Dauphine Street, en direction de l'est. Ils allaient repasser devant le Pink Cat. Sur l'emplacement réservé au stationnement des visiteurs, une étincelante Cadillac Escalade blanche dernier modèle était en train de faire demi-tour, pour repartir vers le centre-ville. Au passage du pick-up, le conducteur se ravisa, braqua dans l'autre sens, jetant son gros SUV dans le sillage du F100. La voiture devant Bolan dut freiner sec. Le pick-up avait brusquement accéléré. L'Escalade fut en quelques secondes dans son sillage, prêt aurait-on dit à bondir sur sa proie pour l'écraser…

L'Exécuteur doubla la voiture qui le précédait et accéléra, lui aussi.

Le Ford F100 datait du siècle dernier, mais son moteur avait dû être révisé, et le garçon au volant n'avait pas froid aux yeux. Il avala plusieurs carrefours successifs sans ralentir, et sans dommages, sinon sans frayeurs. Après avoir traversé Franklin Avenue, il obliqua vers la rive du Mississippi. Il mettait le cap vers le cœur du 9e ward en passant par les quais. Il y avait de plus en plus d'entrepôts, des dépôts de matériaux, et quantité de friches industrielles. Une circulation intense de camions et de pick-up, à travers laquelle le Ford se faufilait. Sept ans après l'ouragan Katrina, les faubourgs est de La Nouvelle-Orléans étaient encore en grande partie à reconstruire, et dans certains endroits on en était encore à nettoyer les dégâts… Le secteur des quais de Bywater et d'Industrial Canal était une fourmilière en pleine activité.

Pour Sonny Boy, ce n'était pas un territoire familier. Le concert de klaxons qu'il déclenchait n'avait rien d'aimable. Au bout d'un demi-mile d'un périlleux gymkhana, il perdit patience. Il avait failli se faire emboutir par un énorme Scania chargé d'éléments de charpente. Il jugea l'espace libre propice à une pointe de vitesse qui le porta contre le pare-chocs arrière du pick-up. Il déboîta pour le doubler. Se rabattit, le forçant à bifurquer vers le quai.

Le jeune Black tenta une manœuvre désespérée. Il freina brutalement, partit en dérapage plus ou moins contrôlé et tenta en redressant de s'échapper par Poland Street, qui débouchait juste en face de lui. C'était sans compter avec son chargement, que les secousses projetèrent hors de la benne. Un établi rouillé gicla le premier sur le goudron, rebondit et percuta l'aile de la Cadillac. Libéré de son poids, tout ce qui était entassé en dessous se mit à tanguer, une cuvette de toilette bascula et se fracassa sur le sol, puis des débris de carrelage et des morceaux de ferraille, des montants de portes et des cadres de fenêtres jaillirent et retombèrent au hasard. Certains sur l'Escalade, aveuglant Sonny Boy, infligeant à la carrosserie une grande variété de plaies, bosses et contusions.

Le pick-up était presque stabilisé, et sa benne quasiment vide, lorsqu'un pneu éclata, à l'arrière. Simultanément, la première détonation claqua. De loin, Bolan vit partir le coup, par la vitre baissée du gros SUV, côté conducteur. Le Scania l'avait retardé et il avait perdu du terrain. Il fonça dans la mêlée. Le Beretta avait trouvé sa place dans son poing, comme un prolongement naturel…

La balle tirée par Sonny Boy pulvérisa la lunette arrière du pick-up, qui fit une embardée, partit en zigzags. Un camion qui arrivait en face freina à grand bruit pour éviter de l'écharper. Le F100 fila au ras de sa calandre, cahota sur le bas-côté et termina sa course dans la clôture grillagée d'une concession automobile… Le camionneur affolé sauta à terre et se précipita. Du sang et des débris de verre retombèrent en pluie sur ses grosses chaussures, quand il ouvrit la portière. Ce qu'il découvrit à l'intérieur lui fit pousser un cri de colère, et il se retourna instantanément vers le SUV blanc. Il fonça dans sa direction, gesticulant et hurlant.

— Il l'a tué ! cria-t-il. En pleine tête !

Sonny Boy braqua, son bras réapparut à la portière. Sa main gantée de cuir noir tenait un automatique Sig 9 mm Parabellum.

Deux détonations se confondirent. La balle tirée par le Beretta 93-R de Bolan perfora la vitre arrière de l'Escalade, passant tout près de la tête du conducteur. Sonny Boy était si concentré sur la poursuite qu'il n'avait pas surveillé ses arrières. Il sursauta, mais il avait déjà pressé la détente. Le camionneur en salopette fut stoppé net en pleine course. La bouche grande ouverte, le regard exorbité, le front troué d'un troisième œil, il criait encore sa colère et son incompréhension, en s'abattant tête la première sur le goudron. Lorsque le Guerrier parvint à sa hauteur, une flaque de sang commençait à déborder de son corps. Le Touareg fit un écart, un autre projectile rata sa cible et l'Escalade poursuivit sa route. Un instant, Bolan crut qu'il allait se fracasser contre le camion à l'arrêt, mais il l'évita, le contourna par l'arrière et s'engouffra dans Poland Street.

A l'instant où il disparaissait, Bolan vit émerger du Ford, côté passager, la femme en jean. Elle titubait, sonnée. Sa coiffure afro était constellée d'éclats de verre et son blouson de gouttelettes de sang.

Bolan freina, fit marche arrière jusqu'à elle et ouvrit la portière du Touareg. Le fracas des détonations retombé, c'étaient des bruits de sirènes de police qui lui parvenaient.

— Montez ! cria-t-il à la femme. On peut le rattraper…

— Sonny Boy ? dit-elle d'une voix blanche. En enfer, vous voulez dire ?…

Elle fixa Bolan, le Beretta. Le pick-up encastré dans le grillage. La silhouette à l'avant. Effondrée sur le volant. Dans sa main, elle tenait la casquette des Saints, maculée de sang.

— Wynton… Oh ! merde… C'est ma faute ! murmura-t-elle, la gorge nouée.

— Montez, Katie ! répéta l'Exécuteur. Vite !

Elle monta comme un automate dans le Touareg. Puis éclata en sanglots.

La fureur aveuglait Sonny Boy. Des éclats de verre Securit avaient giclé jusqu'à lui, une écharde s'était même plantée dans son cou, à moins que la balle l'eût vraiment effleuré. Il porta la main à sa nuque et la ramena tachée d'une mince traînée de sang.

Il ne savait pas d'où sortait le type dans le Touareg,

mais il l'avait échappé belle, et ne pouvait s'empêcher de faire le rapprochement avec leur nouvelle bête noire, le responsable de toutes les calamités de la journée… L'homme de Duplessis Airport et de Wallace, du siège d'Iberville Street. Une liste déjà trop longue à laquelle il pouvait ajouter les dégâts causés à l'Escalade ! Un bijou tout neuf à cent mille dollars ! Cabossé, rayé, une vitre explosée… Il en était malade !

Bien sûr, c'était ce petit salopard de Wynton Pierce, le protégé de Lofty, qui lui avait balancé dessus son chargement de déchets probablement récupérés sur un chantier, dans une des baraques ravagées par Katrina que lui et ses potes du 9e ward s'échinaient à longueur de journée à retaper… N'empêche. Pierce, Birdy, et ce type surgi de nulle part, ils se confondaient tous dans le cerveau en ébullition du mulâtre. Tous coalisés pour foutre la pagaille dans un business en or !

Pierce avait morflé mais il restait la femme du Pink Cat, dans le pick-up. Celle qui pourrait l'amener jusqu'à Birdy…

Il suffisait d'aller la choper, avant que les flics bouclent le quartier. Il entendait des sirènes, il vit trois voitures de patrouille foncer sur North Claiborne en direction du centre. Ils ne s'intéressaient donc pas à lui. Pas encore… Faire demi-tour pour embarquer la fille et régler du même coup son compte au conducteur du Touareg, songea-t-il. Est-ce que ce type n'était pas pire que Birdy ? Il leur avait coûté en une journée une véritable fortune… Sonny Boy l'avait dit lui-même à Malencon : pire que Birdy…

Il n'avait pas trop envie de faire demi-tour, pourtant. Retourner chercher la fille, soit. Mais affronter ce type qui n'avait même pas de nom… Il hésitait. Sa colère ne retombait pas pour autant.

Le Dodge du *New Orleans Police Department* surgit sur sa droite, prêt à lui couper la route. Il fit rugir le V8, lui filant sous le nez, l'obligeant à piler. Le tout agrémenté d'un geste obscène. « Allez vous faire foutre ! » Il avait toujours le Sig à la main et l'avait brandi sans même s'en rendre compte. Il tourna au carrefour suivant, se retrouva sur les quais d'Industrial Canal, le canal qui reliait le Mississippi au lac Pontchartrain.

Lors de Katrina, en 2005, les digues avaient cédé, des torrents d'eau s'étaient déversés de part et d'autre sur le 9e ward, et surtout sur sa partie basse, balayant tout, ensevelissant sous trois mètres d'eau le faubourg, ses habitants misérables, leurs pauvres baraques. C'était dans ce cloaque que pataugeaient, sept ans après, les minables du genre de Wynton Pierce ! Avec son F100 d'avant le déluge, et un avenir à trois cents le kilo de ferraille récupérée par les associations pour la reconstruction…

Aujourd'hui, c'était la furie de Sonny Boy Barrow qui débordait et balayait tout. Le Dodge en fit les frais, quand il surgit derrière lui, gyrophare et sirène hurlant. Au lieu de foncer là où on les appelait, les flics s'étaient déroutés pour lui donner la chasse ! Sonny Boy attendit que le Dodge déboîte pour le doubler. Quand il fut à sa hauteur, il tira deux fois. Le Sig était précis, le 9 mm Parabellum, à cette distance, redoutable…

La glace passager s'éparpilla. Derrière, dans le brouillard de sang qui embrumait l'habitacle, un crâne éclata, tapissant le pavillon et les sièges d'une bouillie immonde. L'autre occupant, la gorge transpercée, s'affaissa sur le volant, le sang fusa, inondant le pare-brise. C'était comme un cyclone mortel qui avait déferlé sur le Dodge. Les deux flics dans leur prison de tôle étaient foudroyés, ballottés comme des fétus. Réduits à si peu de chose… Un magma d'os, de chairs broyées…

Les souvenirs enfouis dans la mémoire de Sonny Boy se ranimèrent, tels des vampires guettant l'heure de se réveiller, en quête d'une proie. Le plaisir fulgurant éprouvé en tirant, en constatant les dégâts que ses deux balles avaient provoqués, se dissipa en un clin d'œil. Il se cramponna au volant, luttant contre la nausée.

Le Dodge se mit à tanguer, fila tout droit, traversant le quai pour s'écraser contre un porte-conteneurs. La sirène se tut dans un couinement, le gyrophare s'éteignit, personne ne jaillit du Dodge. Pas une portière ne s'ouvrit. Pas de survivant… Ç'aurait pu être la devise de Sonny Boy !

Le silence dura deux secondes, puis l'explosion secoua les quelques tonnes de fer soudées dans une étreinte mortelle. Une jolie flamme s'éleva, un panache de fumée couronna le tableau, et Sonny Boy, toutes vitres ouvertes, son automatique brandi à la face du monde, éclata d'un rire tonitruant, au volant de son somptueux carrosse.

Les manœuvres blacks, sur les quais de Florida Avenue, les dockers qui déchargeaient les tankers, les camionneurs prompts à faire hurler leurs klaxons, tout le monde se figea au passage de la Cadillac cabossée égarée là. Et ceux qui entendirent le rire du grand mulâtre au crâne rasé, tout de cuir noir vêtu, furent tentés de se signer, pour les plus superstitieux.

L'Escalade traversa la zone portuaire comme un fantôme

blanc et à son extrémité, comme par magie, disparut. Les ouvriers reprirent le boulot, pas très sûrs d'avoir bien vu, les camionneurs redémarrèrent. Un attroupement se forma au loin, à l'entrée de la zone, autour de l'épave calcinée d'un Dodge de la police.

Sonny Boy avait faufilé le SUV entre deux rangées de conteneurs alignés sur près de cinquante yards, deux montagnes entre lesquelles il pouvait s'octroyer un répit. Le temps de répondre à un appel sur son téléphone portable ultra-privé. C'était Patsy Ferraud.

— Hey, SB, il paraît qu'on ne peut plus croire tes promesses ! lança le Cajun d'une voix lugubre.

— Comment ça ?

— On dit que tous tes beaux plans pour la journée sont tombés à l'eau ! ricana Patsy. Coulés !

— Qui ? Qui dit ça ? fulmina Sonny Boy.

— Le 4e ward a l'air bien renseigné. Mais si ce qu'on raconte est vrai, tu devrais changer d'employeur, ton pote Frankie est dans une sacrée mauvaise passe, SB. Il porte la poisse !

Le ton et les propos firent à Sonny Boy l'effet d'une douche froide. Pour que Patsy n'évoque même pas son approvisionnement, c'est qu'il avait trouvé ailleurs une solution de rechange. Et pour qu'il se permette ce genre de conseils, c'est que les choses avaient beaucoup dégénéré en quelques heures…

— Si tes amis du 4e ward sont si bien renseignés, rétorqua Sonny Boy avec aigreur, ils devraient songer à se terrer vite fait dans leurs trous à rats… Avant que la foudre leur tombe dessus…

On entendit des sirènes de police. Sonny Boy, aveugle

entre les piles de conteneurs, tendit l'oreille pour déterminer si elles se rapprochaient, mais comprit tout à coup que c'était à l'autre bout de la ligne qu'elles retentissaient. Qu'est-ce qu'ils avaient tous, à converger vers le centre ?

Patsy Ferraud resta silencieux, puis reprit, environné de silence :

— En parlant de foudre, si tu penses à Johnny Flash, attends-toi à être déçu. Les sirènes, c'est son requiem, comme qui dirait…

— Quoi ?

— Johnny « l'Eclair » a explosé ! s'exclama Patsy, désinvolte. Avec quelques-uns de ses potes. Ça fait des trous dans la chaussée, mais pas plus traîtres que des nids-de-poule ordinaires !

— Où tu es ? grinça Sonny Boy.

— Aux premières loges, qu'est-ce que tu crois ! Tous les flics de la ville se sont donné rendez-vous pour compter les morts… Cinq ou six à zéro, facile. Johnny comptait sur l'effet de surprise, mais c'est lui qui a été cueilli à froid. Un genre de guet-apens pas très fair-play, mais efficace. J'ai aperçu Julius « Bandana » Groussard qui s'en retournait vers son terrier, il était rigolard…

Les doigts crispés sur le téléphone, la respiration oppressée, Sonny Boy ne parvint à articuler que quelques mots pitoyables, entre colère et anxiété :

— Julius, t'es sûr ?

— Et comment ! Au volant d'un Range Rover tout beau tout nouveau… S'ils ont des bagnoles qui marchent et des grenades qui pètent, les jeunots du 4e ward, ça change la donne, pas vrai…

Sonny Boy coupa la communication. Son exaltation

retombée, il avait un sale goût de bile dans la bouche. Et rien sous la main pour le faire passer.

Son portable sonna de nouveau. Il vit s'afficher le numéro de celui de Ramon « El Chango » Guttierez et s'abstint de répondre. Ferma les yeux, s'efforçant au calme. Les nouvelles alarmantes distillées avec un malin plaisir par Patsy Ferraud, c'était un sale coup supplémentaire qu'on leur portait. Alors qu'il se rendait au Pink Cat, Johnny l'avait appelé : ses gars avaient repéré le Toyota Land Cruiser de Pitch et Speedy. Dans Basin Street, un fief du 4e ward… Il avait aussitôt suggéré à Johnny une expédition punitive. Pas de quartier pour les jeunes voyous de Julius « Bandana », qui se vantaient déjà, selon Johnny, d'être les auteurs de l'attaque contre le siège d'IRE…

Johnny avait foncé tête baissée dans un piège…

Sonny Boy avait beau réfléchir, retourner les questions dans tous les sens, il ne voyait pas quoi faire au juste pour enrayer la mécanique infernale dans laquelle ils étaient pris, Malencon, Ramon et lui… Se réfugier dans le bayou, regrouper ses forces, organiser une contre-attaque. Le 4e ward, plus Birdy, plus l'inconnu au Touareg. Il devait bien y avoir quelque chose derrière tout ça. Ou quelqu'un…

Il mit le contact et le ronronnement du moteur le réconforta. Il démarra, éprouva sous son pied la puissance du V8. Un moment de plaisir pur. Il se sentit de nouveau sûr de lui, fort comme un survivant de Katrina, la pire épreuve que la pauvre humanité du 9e ward eût endurée…

Cela ne dura qu'un bref moment. Le temps d'atteindre l'extrémité du passage entre les deux rangées de conteneurs, et de virer au grand jour. De découvrir, à moins de cinquante yards de là, le Touareg qui stationnait, guettant sa réapparition…

— Sonny Boy Barrow ! grinça Katie Brown en fixant le SUV blanc. Ressuscité d'entre les morts !

Elle se tassa sur le siège passager du Touareg. Jeta un coup d'œil apeuré au Beretta et ajouta :

— Si vous le tuez, plantez-lui une lame dans le cœur, ou arrachez-le-lui, ce sera plus sûr…

Elle ne plaisantait pas. Au moment où Bolan ouvrait la portière, elle lui saisit le bras et dit très vite :

— Tuez-le d'abord ! Si Lofty est mort, il y est sûrement pour quelque chose… Ensuite, je vous conduirai jusqu'à Birdy…

Il y avait, outre la terreur superstitieuse que lui inspirait Sonny Boy, une lueur dans son regard qui mettait mal à l'aise. Elle s'était accusée de la mort de Wynton, parce qu'elle lui avait demandé de passer la prendre au club, qu'elle avait peur de quitter toute seule. Elle avait sangloté et s'était vouée aux pires tourments, puis s'était réjouie que les esprits bienveillants aient emporté son âme. Même un diable comme Sonny Boy, un loup-garou revenu des ténèbres, n'avait rien pu faire contre les forces du bien qui veillaient sur le jeune homme… Le chagrin et la joie se mêlaient dans ses propos décousus, et le raisonnement n'avait guère de prise sur elle, au moins à cette heure…

Bolan n'avait pas insisté, si Katie était perturbée, cela ne datait pas des derniers événements. Elle avait involontairement suggéré une explication, en lui racontant, à propos de Lofty Brown, alors qu'ils sillonnaient la zone portuaire à la recherche de l'Escalade :

— C'est mon frère, je l'aime comme un frère, mais c'est vraiment mon frère ! Ceux qui disent que je suis blanche, ne les croyez pas, ils mentent ! Je suis une Brown du 9e ward, moi !

Bolan s'était rendu compte qu'elle en avait à cet instant, en l'affirmant, l'accent, le phrasé et même les mimiques, outrées jusqu'à la caricature. Une actrice blanche jouant le rôle d'une Noire du 9e ward, c'était étrange et à manier avec des pincettes, parce qu'il ne s'agissait pas d'un film…

Elle serra son bras plus fort, le retenant dans la voiture :

— Vous me croyez ?

— Bien sûr, Katie.

— Vous avez fait ce que Birdy prétend ? insista-t-elle en plantant ses ongles dans son bras.

Il se demanda ce que Birdy pouvait prétendre à son sujet, mais là-bas, au bout de la rangée de conteneurs, la Cadillac était repartie.

— Je vous le dirai tout à l'heure ! s'écria Bolan en se libérant pour bondir hors du 4x4.

— Tuez-le ! répéta Katie dans son dos.

Sonny Boy, cependant, ne l'entendait pas ainsi. A peine l'Exécuteur eut-il fait deux pas dans sa direction que l'Escalade vira de bord, accéléra en longeant les conteneurs et s'éloigna à toute allure. Bolan l'aperçut qui s'engageait sur l'échangeur de Florida Avenue. Derrière lui, un éclat de rire retentit. Katie Brown pleurait de rire, répétant :

— Le lâche ! Sonny Boy s'est dégonflé ! Je peux mourir, maintenant, j'ai vu Sonny Barrow fuir la queue basse comme un chien galeux ! Toute la ville le saura ! Toute la Louisiane !

Bolan remonta dans le Touareg, aperçut à l'autre extrémité de la zone une agitation croissante, autour du Dodge de la police calciné, avec deux cadavres à l'intérieur. Il était temps de prendre le large.

Il démarra et croisa le regard illuminé de Katie Brown. Elle le dévisageait avec une intensité dérangeante, comme s'il était doté de pouvoirs surnaturels.

— Vous avez fait fuir Sonny Boy… Demandez-moi ce que vous voulez… je le ferai…

Sa foi était si manifeste qu'il n'en douta pas une seconde.

CHAPITRE VIII

Ramon « El Chango » Guttierez tendit sous le nez de Luke Borderon son téléphone portable resté muet.

— Sonny Boy ne répond pas, gamin.

Luke se mordit la lèvre. Il avait le teint verdâtre, l'air plus malade que jamais, à mesure que les secondes s'écoulaient, dans le hangar à bateau de Phil Trousseau, au bord du bayou Cataouatche. Il transpirait sous son blouson, dans la moiteur obscure. L'odeur de fioul et de poisson pourri était suffocante. L'eau clapotait contre les piliers de l'appontement, mais c'était son cœur qu'il entendait cogner. Au bout de son bras, le Glock 23 pesait une tonne. Sa paume humide glissait sur la poignée. Il évita le regard du Mexicain, qui le défiait de réclamer encore autre chose, d'inventer un autre prétexte pour se défiler.

Guttierez ne ressortait pas. Luke devinait pourquoi : il ne le croyait pas capable de régler le problème. Il s'attendait à ce qu'il craque et refuse d'en terminer. Que se passerait-il alors ? se demanda Luke en reportant son regard vers le fond du hangar. Est-ce que Ramon le descendrait, lui ? Est-ce qu'il en avait reçu l'ordre ?

Mais, de toute façon, est-ce qu'il avait besoin d'un ordre pour l'abattre ?

— Il faut que je parle au boss, dit Luke. C'était pas prévu...

L'imprévu avait le regard direct, deux yeux noirs brillants qui le fixaient sans ciller. Un visage d'adolescent, avec une expression d'assurance qui mettait Luke Borderon mal à l'aise. Il avait aussi les mains jointes au-dessus de la tête, les poignets liés avec de la corde à une poutre de la charpente, au fond du hangar à bateau ; et la lèvre fendue, suite à la chute qu'il avait faite en essayant de s'enfuir.

L'imprévu s'appelait Mike Trousseau. Il avait treize ans et son expression bravache, dans la pénombre, signifiait à Luke que le problème, c'était lui, Luke Borderon, qui avait vingt ans, faisait partie d'un gang, était devenu un tueur... On lui avait demandé de faire ses preuves, d'abattre Phil Trousseau, et sinon, pourquoi pas son fils ?... « Alors, Luke, qu'est-ce que tu décides ? » C'était ce que disait le regard brûlant de Mike, et qui brouillait le teint et l'estomac de Luke.

— Je veux parler à M. Malencon, murmura celui-ci en tournant le dos à Mike. C'est lui qui donne les ordres, pas Sonny Boy.

Ramon « El Chango » Guttierez serra les mâchoires. Son regard exaspéré alla d'un garçon à l'autre, et l'envie le démangeait de leur coller à chacun une balle dans la tête. Pour lui, la solution était simple :

— Puisque son père n'est pas là, tu descends le fils !

— C'est pas les ordres.

— Tu veux vraiment déranger le boss pour si peu ?

Le Mexicain retroussa les lèvres avec mépris. A Ciudad Juarez, l'espérance de vie dans un gang d'un garçon comme Luke ne dépasserait pas quelques semaines ! Mais ici, on n'était pas à Juarez… Ramon fit s'afficher sur son portable le numéro de Frank Malencon, appuya sur la touche d'appel et tendit l'appareil à Luke.

— Vas-y, explique-lui ton cas de conscience !

Luke sortit du hangar et demanda à Rufus de pouvoir parler au boss. C'était urgent, oui. Et grave… Il dut patienter un moment, mais finit par avoir Malencon en ligne. Il lui résuma la situation, d'une traite, d'une voix qui tremblait un peu. Ils étaient chez Phil Trousseau. Personne dans la baraque, personne dans le bateau. Phil était en ville, d'après Mike, son fils, qu'ils avaient rattrapé alors qu'il essayait de décamper…

— Qu'est-ce qu'il est allé faire en ville, hein ? Une visite aux flics ? tonna la voix de Frank Malencon.

Luke n'avait pas pensé à poser la question.

— Je vais lui demander…

— C'est ça ! Tâche de l'apprendre ! Et après, descends-le !

— Mais…

— Bute-le ! Parce que faut savoir, à la fin, mec… tu es avec nous, oui ou non ?

Luke n'eut pas le temps de répondre. Malencon avait raccroché, mettant fin aux atermoiements. Luke revint dans le hangar. A sa mine, Ramon devina le verdict. Il tendit la main, récupéra son portable et lança en riant :

— Tâche de viser juste, cette fois ! Pas de blague…

Luke s'avança, le Glock pointé devant lui. Une balle montée dans la chambre, cran de sûreté ôté. Le Glock était prêt à tuer. Luke beaucoup moins. Le regard du Mexicain, rivé entre ses omoplates, le poussait en avant. Aussi sûrement que s'il braquait sur lui le canon double d'un fusil.

Il se rappela qu'il avait une question à poser.

— Ton père, il est allé faire quoi, en ville ?

— Vous dénoncer aux flics ! répliqua Mike d'un ton farouche. Vous deux, plus Johnny Flash. Il vous a vus à la pointe, ce matin, tous les trois… en train de trimbaler un cadavre. Tu peux tirer, Luke, ça changera rien. T'es un tueur, un assassin ! Le mal est fait, tu t'en sortiras pas…

Luke avança plus près. Mike se tortilla dans ses liens. La corde humide entamait la peau de ses poignets. Un rai de lumière qui filtrait à travers les planches éclaira son visage. Il transpirait, sa bouche entrouverte tremblait. Son regard vacilla.

— Fais pas ça, Luke… On est cousins…

— Le mal est fait, tu l'as dit.

Luke perçut sous son index la résistance de la détente. Il fallait tout de même faire un petit effort, pour tuer… Il en fut capable.

La balle frappa Mike Trousseau en pleine poitrine. Il tressauta sous l'impact. Eut un hoquet, cracha du sang. De la poussière voleta dans le trait de lumière oblique. Avec son couteau de pêche, Luke trancha la corde. Le corps s'affaissa en tas devant lui. Il tendit le bras, le canon du Glock touchant l'arrière du crâne. Il doubla. En serrant les dents pour refouler le spasme qui tordait son estomac.

Dans la pénombre suffocante, il se retourna, assourdi par le fracas des détonations. Il sortit dans la lumière de l'après-midi, hagard, et au passage entendit le commentaire satisfait de Ramon « El Chango » Guttierez :

— Une exécution en règle…

*
* *

Patsy Ferraud était comme à son habitude vêtu avec soin, mais tout de même, à l'instant d'entrer au Hyatt Regency, il vérifia sa tenue d'un coup d'œil. Pantalon au pli impeccable, mocassins brillants, pull à col roulé sous un trois-quarts en cuir fauve vierge de tout impact de balle, de toute trace de vomissure alcoolique ou de poudre blanche… Patsy se faisait l'effet d'un commerçant prospère, au milieu des hommes d'affaires qui fréquentaient le Hyatt Regency, son restaurant panoramique avec vue sur le Superdome, ses bars et sa galerie marchande. Un poisson dans l'eau, qui se retenait de trop sourire pour ne pas exhiber ses dents de requin.

Les choses faillirent se gâter quand un larbin cauteleux prétendit le piloter dans les méandres de l'établissement. Patsy se sentait assez grand pour se débrouiller tout seul, bien qu'il fût un peu désorienté au milieu du hall, décoré de panneaux indicateurs à l'instar d'un échangeur d'autoroutes. Le bonhomme eut le bon goût de prononcer le nom de M. Ragusa avant que Patsy ne le rembarre vertement. Puis il le précéda, et Patsy lui emboîta le pas, en se demandant comment l'autre l'avait repéré. Un flair spécial, apanage des employés de palace ?

Il n'avait pas trouvé la réponse quand ils parvinrent devant un petit salon. Le bar qui le précédait était curieusement désert. Un costaud en costume à fines rayures gardait la porte.

— Monsieur Ferraud…, dit-il aimablement, si je puis vous demander…

Il ne dit pas quoi, mais pointa l'index vers la hanche de Patsy.

— On vous le rendra, n'ayez crainte…

Délesté de son Smith & Wesson M-39, Patsy se sentit un peu nu, mais c'était la condition pour pénétrer dans le salon et être accueilli par Giacomo Ragusa en personne, à une table où il pourrait discuter tranquillement en tête à tête, car les deux gardes du corps assis à l'autre bout de la pièce ne comptaient évidemment pas…

Ragusa était petit et râblé, vêtu sans recherche et volontiers grossier dans ses manières. Sa garde rapprochée rachetait cette médiocrité en affichant une élégance italienne et un savoir-vivre de pacotille. Depuis qu'ils étaient cantonnés sur l'autre rive du Mississippi, les Italiens essayaient de donner le change en jouant les derniers rescapés d'une époque dorée, mais ceux de Louisiane n'étaient que de pâles décalques des caïds de Miami ou de Vegas. Des ploucs qui ramaient pour sauvegarder leurs sources d'approvisionnement en Colombie, des balourds qui rognaient sur les marges et sacrifiaient la qualité, pour régner sur des bataillons de zombies accro à de la came frelatée…

C'était l'idée que Patsy Ferraud s'en faisait, et il n'avait que mépris pour cette engeance ritale. Mais les principes les mieux établis souffraient, certains jours, des accommodements. C'est pourquoi il était là, sage et poli, voire respectueux, à écouter Ragusa, qui ne lui avait même pas offert un café, se plaindre de la dureté des temps, qui incitait à unir ses forces et, voyez-vous ça, à mettre en commun certains moyens…

Patsy était venu pour être dépanné, et Ragusa lui faisait un cours d'économie de la drogue à l'échelon local !

— Ton ami Frank est dans une mauvaise passe, si

j'en crois les dernières nouvelles… Transmets-lui mes vœux de prompt rétablissement. La santé est le plus grand bien que nous ayons à préserver. Santé du corps et santé des affaires… Je connais d'excellents médecins, s'il était par extraordinaire dans le besoin sur ce plan. Et pour les affaires… Nous pouvons en discuter. Sur un pied d'égalité, évidemment… Mais il saura voir où est son intérêt. Il a toujours été malin. Et il a près de lui un singe, pour l'être encore plus ! « El Chango » est un atout qui pourrait être valorisé… Il suffirait d'accélérer la cadence du ravitaillement. Deux rotations par semaine, ou même trois ! La clientèle est là, elle ne demande qu'à consommer plus, toujours plus, pour oublier qu'elle n'a rien d'autre à espérer dans l'existence…

Ragusa sourit au terme de sa brillante démonstration. Un air de maquignon rusé sur sa face tannée de paysan. Une lueur de malice dangereuse dans ses yeux qui se plissaient.

— Frank n'est pas vraiment mon ami…, commença Patsy.

— C'est un Cajun, comme toi ! l'interrompit sèchement Ragusa. Demande à Sonny Boy de te piloter, si tu crains de te perdre en route… En tout cas, je suis disposé à discuter, avant que ce soit trop tard…

Ragusa s'humecta les lèvres. Il n'avait pas touché au café posé devant lui. Il reprit, en se penchant pour saisir la serviette en cuir posée contre le pied de la table :

— Disposé également à t'aider, Patsy, puisque tu en as grand besoin…

La serviette changea de main. Au poids, quatre à cinq kilos. C'était plus que Patsy n'en avait espéré. Encouragé par un geste de Ragusa, il fit jouer les serrures, jeta un coup d'œil à l'intérieur. De belles briques étanches. Au nombre de quatre. Ragusa fit glisser vers lui un couteau dissimulé sous sa serviette.

— Goûte…

Patsy n'aimait pas le ton, mais s'exécuta. Il fit une incision dans l'emballage d'un des paquets et ramena un peu de poudre sur la lame. La déposa sur la pointe de sa langue et eut un léger mouvement de surprise. Ragusa avait l'air ravi.

— De la pure, non ? fit le Cajun, sidéré.

— Pure et excellente ! Un expert comme toi, tu ne peux pas croire ceux qui prétendent que j'empoisonne ma clientèle avec de l'arsenic !

Patsy referma la serviette et la reposa de son côté de la table, pour pouvoir extraire plus facilement de la poche intérieure de son trois-quarts une enveloppe épaisse.

— Ça ne fera peut-être pas le compte, vu…, commença-t-il.

— Garde ça, l'interrompit Ragusa, en allongeant le bras en travers de la table, d'un geste autoritaire.

Il repoussa l'enveloppe pleine de dollars, montra la serviette et ajouta :

— Offres-en à Frank et fais-lui ma proposition. Le reste est cadeau…

Patsy rempocha ses liasses, ravala ses principes et son mépris.

— Je compte sur toi, Patsy Ferraud, conclut le Rital aux allures de plouc, en lui accordant un dernier regard appuyé. Pour le convaincre…

Après quoi, Giacomo Ragusa accorda toute son attention

à son café pas entamé, et il ne resta d'autre choix à Patsy que de s'en aller.

— Je lui transmettrai, dit-il, bien que l'autre n'attendît aucune sorte de confirmation.

Puis il quitta le salon, récupéra, des mains du costaud impassible, son automatique S & W. Aucun employé ne se présenta pour le raccompagner, mais il trouva son chemin, traversant le hall au milieu des hommes d'affaires en ayant l'impression d'être congédié comme un larbin.

Tout de même, se rassura-t-il en hélant un taxi, un larbin qui venait de se faire offrir pour deux cent cinquante mille dollars d'excellente poudre… Un pactole auquel il ajouta l'enveloppe bourrée de billets dont Ragusa n'avait pas voulu. Il se fit déposer sur Melpomene Street, dans Uptown, à peu de distance de la maison dont il habitait le premier étage. C'était un pavillon surélevé, en retrait d'un jardinet en friche, d'apparence presque cossue au milieu d'un secteur où la plupart des habitations étaient très dégradées. Un quartier peu sûr, mais où Patsy, connu de tous, ne risquait rien. Surtout en plein jour.

Il était si préoccupé par ce qu'il allait faire du cadeau de Ragusa qu'il ne prit pas garde à l'absence de la vieille Alicia dans la véranda du rez-de-chaussée. Son fauteuil était à sa place, mais vide. C'était pourtant l'heure de sa sieste. Patsy grimpa l'escalier de bois jusqu'à la galerie menant à sa porte. Il entra, referma soigneusement la porte, traversa un vestibule et posa la serviette sur une table basse. D'un tiroir, il sortit un téléphone portable réservé aux appels confidentiels. Au numéro de Gold Meadow enregistré à la mémoire, c'est Rufus qui répondit.

— Patsy Ferraud ? dit-il d'une voix surprise. Ça fait bien longtemps…

— J'ai besoin de parler à Frank ! C'est important.

— Désolé, Patsy, mais Frankie est fatigué, il ne veut plus parler à personne pour le moment.

Patsy insista :

— Il fera une exception pour moi si tu lui dis que j'ai un message à lui transmettre, de la part de Giacomo Ragusa. Un message urgent, tu imagines. Passe-le-moi, tu veux…

Il y eut une hésitation au bout du fil, puis Rufus demanda :

— Ragusa, hein ?

— Lui-même, confirma Patsy. Il a une offre à faire au big boss, rapport à la situation nouvelle…

— Les vautours sont déjà prêts à se disputer la dépouille, fit Rufus d'une voix grinçante.

— Bon sang ! Ne me dis pas que Frank est…

— Non, non… mais il n'est pas en forme. Et à chaque mauvaise nouvelle, ça empire…

— Ragusa veut le rencontrer. Une rencontre au sommet…

— Lui aussi ?

— Qui d'autre ? voulut aussitôt savoir Patsy.

Rufus se garda de répondre. Après un silence, il finit par dire :

— Je vais voir s'il veut bien… Attends…

Patsy patienta, s'avisa que le salon était en désordre, plongé dans la pénombre, à croire qu'Alicia, la vieille femme du rez-de-chaussée, n'était pas venue faire le ménage et un peu de rangement, comme chaque matin…

En cherchant des yeux la télécommande du store de la baie vitrée, il sursauta, bondit jusqu'au canapé tourné vers la fenêtre et découvrit Alicia étendue devant. Inconsciente, ou pire… En même temps, le déclic d'un chien qu'on arme, si près de son oreille qu'il n'osa pas tourner la tête, le cloua sur place. Il leva les bras, instinctivement. La voix de Rufus retentit dans le téléphone :

— Frankie te remercie, Patsy… Il est vraiment trop fatigué pour te parler, mais il va répondre à ton ami Ragusa… Une rencontre au sommet, c'est une bonne idée. Et même, le plus tôt sera le mieux…

Patsy déglutit bruyamment. Du coin de l'œil, il entrevit la silhouette longue et maigre qui braquait sur l'arrière de son crâne un fusil à pompe. Dans le téléphone, une autre voix, furieuse, couvrit celle de Rufus :

— Ton pote Ragusa a pu te dépanner, j'espère ? On en reparlera, Patsy…

Ce dernier fut incapable d'articuler un mot. Mais une main noire couvrit son portable, un index pressa la touche de fin d'appel et, dans son dos, une voix moqueuse dit en imitant le timbre voilé du dernier interlocuteur :

— Fais confiance à Sonny Boy pour te faire payer cher tes infidélités, Patsy !

— Tu es qui, mec ? lâcha le dealer dans un souffle.

— Devine !

La voix aux intonations métalliques était beaucoup trop calme au goût de Patsy. Et la main qui se glissa sous sa veste pour s'emparer de son pistolet, trop précise…

— Aucune idée ? se moqua l'intrus. Pas grave. Mets-toi à genou face à la baie, Patsy. Les mains sur la tête…

Le Cajun voulut protester, tenta de se retourner. Il reçut

dans les reins un coup de poing violent qui le projeta en avant. Il trébucha et tomba.

— A genoux ! intima le Black au fusil.

Patsy obéit, joignit ses mains sur son crâne. Il jeta un coup d'œil à Alicia, toute proche, sans connaissance.

— Ne t'inquiète pas, elle s'en sortira. Je connais la musique…

Le canon du fusil s'écarta un peu, le dealer tourna la tête et dévisagea son agresseur. Dans le visage carré aux fortes pommettes, d'un noir d'ébène, la bouche dissymétrique attirait le regard. Un côté était déformé, enflé. L'inconnu portait un petit chapeau souple à bord étroit, un imperméable assez long et ample pour cacher l'Ithaca à canon de vingt pouces. Des brodequins lacés haut sur un pantalon de treillis délavé.

— Demain, tu seras célèbre, Patsy Ferraud. Dévalisé par Birdy le jour même où tu as trahi Sonny Boy et la bande de Frank Malencon ! Il y a une morale, tu vois… Regarde devant toi et garde tes mains bien en vue, ne sois pas stupide…

Patsy obéit. Son rythme cardiaque était dans le rouge, la sueur lui coulait entre les omoplates et il avait la bouche sèche. Birdy… Chez lui, en plein après-midi ! Il ferma les yeux et serra les mâchoires. Le cauchemar ne se dissipa nullement. Un double déclic vint au contraire l'envenimer. Les verrous de la serviette de Giacomo Ragusa. Un sanglot de rage s'étrangla dans la gorge de Patsy Ferraud. Birdy émit un petit sifflement admiratif.

— Quatre kilos ! Rien que ça… Tu as cassé ta tirelire, ma parole !

Un autre sifflement, plus bref. De surprise.

— Même pas ! Alors là, chapeau ! J'y crois pas… La drogue et le fric !

Le fusil tenu d'une main, il vint face à Patsy et agita sous son nez la grosse enveloppe pleine de billets.

— Me dis pas que Ragusa t'en a fait cadeau. Quatre kilos…

Patsy hocha la tête.

— En échange de quoi ? reprit Birdy. Lui organiser un rendez-vous avec Malencon ?

Nouveau hochement de tête.

— Il a une proposition à lui faire, souffla Patsy. Un nouveau partage…

— Je t'ai entendu parler à Rufus ! Qu'est-ce qu'il t'a dit, lui ?

Le Cajun, tout en louchant sur le canon qui frôlait sa pommette, rapporta les propos de Rufus.

— Qui d'autre Malencon doit-il rencontrer ? questionna Birdy.

Patsy n'en savait rien, Rufus ne l'avait pas révélé.

— Tu n'as pas une petite idée ? insista Birdy.

Plein de bonne volonté, le dealer finit par suggérer :

— Quand les affaires d'un type comme Frank vont vraiment mal, ce sont d'abord les associés qui râlent, non ?

— Son associé, tu veux dire ! Je lui en vois qu'un !

Patsy acquiesça d'un battement de cils.

— Si tu sais qui c'est…

— Alan Carswell, le grand ponte local ! L'homme providentiel qui prétend sauver La Nouvelle-Orléans de tous ses vices et de Katrina, en battant le rappel des généreux donateurs et des mécènes ! Je ne sais rien de plus, jura Patsy, en s'essayant à son fameux sourire « l'avenir-en-rose ».

Ce fut peine perdue. Il grimaça une pathétique caricature. Le canon de l'Ithaca qui revenait flirter avec sa tempe était un sérieux handicap, quand on voulait avoir l'air optimiste. Birdy reprit d'un ton persuasif :

— Peut-être, mais tu peux te renseigner, Patsy. Et me prévenir, si, d'aventure… Tu connais la musique, toi aussi, pas vrai ? Entre Malencon et Ragusa, tu seras bientôt à l'étroit, à mon avis. Les miches un peu trop serrées. Alors, pense à moi… Je t'appellerai à 19 heures ce soir… Chez ton cousin. Le drugstore Ferraud, sur Eden Street… Tâche d'avoir quelque chose à me dire.

Patsy était tellement ébahi de s'en tirer à si bon compte qu'il promit tout ce que voulait Birdy. Il était même prêt à en rajouter.

— Le 4e ward a fait sauter Johnny Flash, et aussi le siège d'IRE, dit-il très vite. Ils ont trouvé des armes et des grenades, à ce qu'il paraît… plein la caisse de Pitch et Speedy. Ils l'ont piquée ! Un Land Cruiser…

Il s'interrompit en voyant le regard de Birdy devenir fixe et brûlant. Regretta instantanément d'avoir cité les deux porte-flingues.

— Les gars du 4e ward se vantent ! trancha Birdy. Mais si tu sais où sont passées les deux ordures…

— J'en sais rien ! Je le jure. Julius…

— Julius non plus ne le sait pas… On lui a offert leur bagnole… C'est la journée des cadeaux !

— Il paraît qu'un type est en train de rendre fou Malencon et sa bande, débita Patsy avec conviction. Il leur a saboté une grosse livraison !

— Ouais, il paraît qu'il existe, ce type ! Moi aussi, paraît que j'existe ! Tu en témoigneras, hein, Patsy !

Le côté boursouflé de la lèvre supérieure de Birdy se retroussa, révélant le bourrelet d'une cicatrice qui sinuait jusqu'au coin de sa bouche. Il ajouta à voix basse, et c'était l'autre côté de sa bouche qui parlait :

— Comme si on pouvait s'en sortir, de toute cette merde !

Patsy, terrifié, crut qu'il allait l'abattre sur place. Au lieu du coup fatal, il perçut des bruits de serrure. Quand il osa tourner la tête, Birdy avait disparu, emportant la serviette contenant la drogue et l'argent. Mais il avait laissé sur la table basse de l'entrée une poignée de billets. La preuve, se dit Patsy Ferraud, qu'il n'avait pas rêvé.

CHAPITRE IX

Dans l'arrière-salle déserte, seulement éclairée par la lampe à trois branches suspendue au-dessus du billard en attente de joueurs, Katie Brown en était à son troisième bourbon-Coca. Elle commençait à être ivre et du coup parlait moins. Cela arrangeait Bolan, qui avait bu la moitié à peine de sa bière. Katie se rongeait d'inquiétude pour Lofty, pour Birdy, pour un grand nombre de gens qu'elle chérissait et qui ne se souciaient pas toujours de la rassurer… Elle trouvait à première vue Bolan très capable de la rassurer. Bâti pour… Il lui avait pour ainsi dire sauvé la vie, non ? Et de quelle manière !

La manière forte de quelqu'un qui consacre son existence à protéger les faibles. Telle était l'intuition de Katie, et elle avait commencé à bombarder son sauveur de questions sur la mission qu'il poursuivait, car c'était bien une mission, n'est-ce pas ? Mais alors, est-ce qu'il l'avait sauvée par hasard, ou faisait-elle partie, sans le savoir, d'un groupe d'élus ?

Un groupe d'élues, elle l'aurait parié ! Il y avait tant de femmes dans le pétrin à secourir… Katie pouvait être intarissable sur ce chapitre ! De quoi passer des heures dans l'arrière-salle de Chez Felix, dans le Vieux Carré, où la radio derrière le comptoir, réglée sur une station locale, ne passait que du jazz. A un moment, Felix, assis derrière le long comptoir, haussa le volume en jetant un regard dans leur direction. Katie cessa de poser des questions qui n'obtenaient pas de réponse, pour écouter le morceau. A la fin, elle avait les larmes aux yeux.

« Dernier enregistrement d'un trio qu'on aimait bien, glissa l'animateur ; au Pink Cat, il y a un an… Lofty Brown, Driss Mintoka, Charlie « Birdy » Fraser… Dommage qu'on les ait perdus, ces trois-là… »

Felix, sur un signe de Katie, vint la resservir et remarqua :

— Il les enterre un peu vite, je trouve.

— Il est arrivé quelque chose à Lofty, je le sens ! affirma Katie en frissonnant.

Elle les prit à témoin des indices qui lui faisaient craindre le pire :

— Il m'appelle d'une voiture, soi-disant… j'entendais le klaxon… Il ne conduit pas, Lofty ! Et prendre un taxi, ça ne lui ressemble pas ! Trop cher, il trouve toujours à se faire ramener… Surtout à 11 heures du mat ! C'était pas lui, j'en suis sûre !

— Quelqu'un lui aura piqué son portable, suggéra le patron.

— Pour m'appeler, moi ?

— Ben, pourquoi pas ? Les mecs qui te veulent du bien, y en a plein les rues, pas vrai, monsieur ? ajouta-t-il avec un clin d'œil à Bolan.

— Ouais ! Et Sonny Boy, il me veut du bien, à ton avis ? s'écria Katie, outrée.

Le téléphone sonna à cet instant, évitant à Felix d'avoir

à admettre certaines évidences. Il regagna sans hâte son comptoir, baissa la radio avant de décrocher et son visage s'éclaira. Mais Katie ne fut pas dupe :

— C'est pas Lofty, j'y crois plus ! Il est mort, je le vois mort…

Le patron lui fit signe.

— Pour toi, Kat !

Elle se précipita, titubante.

— Lofty ? demanda-t-elle quand même, pleine d'espoir irraisonné.

Il secoua négativement la tête, en lui tendant l'appareil.

Chez Felix, le téléphone avait un fil et les pieds de bois du billard avaient été sciés, remplacés par des parpaings empilés, en prévision de la prochaine crue…

Le patron s'était éloigné à l'autre extrémité du comptoir et Katie s'expliquait avec animation, en jetant de fréquents regards vers Bolan. Il était 15 h 20 et il avait décidé de tenter sa chance quand elle lui avait expliqué que Birdy, comme Lofty, comme aussi Driss de son vivant, avait l'habitude de laisser chez Felix des messages téléphoniques, à heure fixe. Entre 3 heures et 3 h 15, par exemple. Du matin ou de l'après-midi. A la bonne époque, plutôt du matin, d'ailleurs…

La bonne époque, à en croire Katie, était révolue.

Elle croisa le regard de Bolan et lui fit signe.

— C'est lui ! Il veut bien vous parler, dit-elle en lui tendant l'appareil.

Ses angoisses au sujet de son frère étaient tout à coup reléguées au second plan. Elle se sentait élue parmi les élues… Emue, aussi, au point de devoir agripper la barre en laiton ceinturant le bar, pour garder son équilibre.

Bolan haussa le volume du tuner judicieusement placé au-dessus du téléphone et fit :

— Birdy ?

— Et vous ? Comment on vous appelle ? répliqua une voix métallique.

— Dans le bayou, ils n'ont pas encore eu le temps de me baptiser, mais ce sera certainement peu flatteur…

— Genre le plus grand salopard qu'on ait vu fondre sur notre bonne ville…

— Oui, à peu près !

Il y eut un silence, puis Birdy se jeta à l'eau :

— Puisque vous existez, en chair et en os, m'a juré Katie, on pourrait leur montrer qu'ils n'ont encore rien vu…

— Katie m'a dit que vous aviez un projet. Elle compte que je vous dissuade de le mener à bien…

— Oui, évidemment. Mais si on l'écoutait, Katie, pour qui tremblerait-elle ?

— Et si elle ne tremblait pas, qui viendrait la sauver ?

Birdy émit dans l'appareil un petit rire sec.

— Vous avez raison…

— Puisque vous existez aussi, conclut l'Exécuteur, on peut se rencontrer…

Leurs voix couvertes par un saxophone déchaîné, ils entrèrent dans les détails.

Cette fois, Tina Chesnot était arrivée la première sur les lieux, dans la Taurus dont elle avait pris le volant, en quittant Wallace et l'épave du *Paulina*. L'agent spécial Robson, à ses côtés, était flageolant en descendant de la voiture. Il avait failli mourir plusieurs fois durant le trajet, mais ne trouva personne à qui se plaindre de la conduite kamikaze du capitaine Chesnot. En fait, les flics du NOPD qui bouclaient le quartier de Basin Street avaient eux-mêmes le teint pâlot, Robson ne déparait pas dans le lot.

La cause en était une nouvelle épave. Un Jeep Grand Cherokee dont les restes fumants étaient éparpillés au pied des immeubles pouilleux d'une cité bordée d'un côté par un vaste terrain vague, de l'autre par les murs d'un cimetière. On était à portée de prière de Notre-Dame de Guadeloupe, mais les tours opérators n'incluaient pas dans leurs circuits le court crochet par la cité. Après le carnage qui venait de s'y produire, cela changerait peut-être, le programme intitulé « misère-insécurité-catastrophes naturelles », si prisé des touristes, étant constamment remis à jour…

En attendant, les larges bandes de plastique qui entouraient le cœur de la cité ne tenaient à l'écart que la petite foule piaillante des gamins du secteur, avides de contempler le macabre spectacle, juste en bas de chez eux.

La première chose qu'avait exigée le capitaine Tina Chesnot, de la *Crime Abatement Team*, c'était qu'on couvre la scène de crime avec une bâche. Le temps d'en trouver une assez grande, et de la monter comme on l'aurait fait d'un barnum, les mômes s'étaient répandus dans les étages, avaient grimpé aux arbres ou aux réverbères, chacun trouvant le moyen de faire visuellement le constat des dégâts, pour mieux les commenter.

Lorsque les agents fédéraux Correa et Barnes arrivèrent à leur tour sur le site, en provenance d'Iberville Street, ils n'eurent qu'à tendre l'oreille au récit qui courait d'une bouche à l'autre pour être renseignés sur ce qui les attendait.

Le Grand Cherokee avait déboulé à toute vitesse, sans qu'aucun guetteur l'eût signalé. Il avait stoppé au milieu de la cité, et ils étaient cinq, plus le chauffeur, tassés à l'intérieur. Johnny Flash ne conduisait pas. Il commandait l'opération. Ses gars avaient jailli, armés jusqu'aux dents. P.-M. Skorpio, mini-Uzi, plus une ou deux kalachs. Les automatiques ne serviraient qu'après, pour achever le travail. Lequel consistait à rafaler le Land Cruiser Toyota noir garé dans l'angle de la cité, à peine caché par un buisson anémique. Ils n'avaient pas lésiné, en approchant. Le 4x4 était criblé d'impacts, toutes les vitres pulvérisées, les quatre pneus hachés menu.

Quant aux corps à l'intérieur, n'en parlons pas…

Mais les gamins de la cité ne parlaient que de ça, au contraire, en riant comme des fous ! Têtes arrachées, troncs démembrés, de la poussière et des plumes volant partout… Les trois mannequins de carnaval planqués dans le Toyota n'avaient échappé au grand feu de joie de la fin du défilé que pour succomber sous les balles des porte-flingues du gang Malencon ! Il n'en restait que des confettis, littéralement…

La tête des assaillants, quand ils étaient arrivés assez près du Grand Cherokee pour se rendre compte de leur méprise ! Les gamins qui se trouvaient aux premières loges dans les étages se tenaient les côtes. Les flics qui ramassaient les douilles se tenaient les reins.

La suite réjouissait encore plus certains habitants de la cité, tandis que d'autres n'avaient plus le goût d'en rire. Piégés dans l'angle des immeubles, Johnny Flash et ses sbires avaient vu surgir sur leurs arrières une demi-douzaine, au moins, d'adversaires prêts à profiter de la surprise, du nombre, et surtout de l'armement. Pistolets-mitrailleurs là aussi, tirant du 9 mm Parabellum : Heckler & Koch, Skorpio, Mac 10… Les mêmes armes, mais avec des chargeurs pleins. En face, on s'était trouvé à court, on avait tenté de fuir, dans toutes les directions. Débandade générale. Trois jeunes sur le carreau aux environs du Land Cruiser. Truffés de plomb jusqu'à l'indigestion. Un quatrième, blessé, avait tenté de s'abriter dans la plus proche entrée, où on l'avait achevé d'une rafale à bout portant. Du bas-ventre au sommet du crâne, il était quasiment découpé selon le pointillé. Les gamins au-dessus se disputaient à propos du nombre de balles suffisant pour réduire en poudre un crâne normalement constitué…

Plus malin ou plus vif, Johnny Flash avait réussi à atteindre le Grand Cherokee. Un véritable exploit, mais pour un maigre bénéfice… Le chauffeur resté au volant avait été abattu dès le début de l'assaut. Johnny était quand même parvenu à le repousser pour monter à bord. C'est alors que les grenades, balancées dans l'habitacle et sous la voiture, avaient projeté en l'air et disséminé alentour le Jeep et ses deux occupants. L'un déjà mort et l'autre, Johnny, blessé. Un Black à dreadlocks, cantonné à conduire parce que trop gros pour courir, et le blondinet vicieux qui aimait torturer au chalumeau… Leurs morceaux et fragments divers s'entremêlaient à présent au centre d'un cratère fumant, dans un ignoble ragoût qui alimentait les paris des spectateurs, et aussi leurs railleries. Des mauvaises langues prétendaient déjà que Johnny Flash, de l'enfer où il avait bien mérité sa place, devait mourir de honte en voyant son scalp blond pendouiller comme une vieille perruque à un montant de portière, et ses organes les plus chers mélangés à ceux d'un Black, dans les sacs plastique de la police scientifique…

Mark Robson en vit passer quelques-uns, de ces sacs, en pressant les monteurs de bâche d'accélérer la cadence pour mettre fin à ce cirque dont ils occupaient la piste. Tina Chesnot revint d'une plongée dans les entrailles du Land Cruiser en brandissant non pas un sac, mais une mallette rigide constellée d'impacts de balles.

— Il paraît que ça rappelle quelque chose à un de mes agents, dit-elle.

— Le contenu du coffre-fort de l'IRE, affirma Ruth Correa, déboulant dans l'arène. Trois mallettes comme celle-là, d'après le témoignage de la secrétaire…

— Contenant des armes de poing et des grenades, compléta Barnes, qui contemplait le champ de bataille d'un air effaré.

— L'homme est parti en lui glissant à l'oreille le bonjour de Birdy et son orchestre…

Tina Chesnot haussa les épaules et passa la mallette à un technicien.

— Foutaises ! dit-elle entre ses dents.

Elle interpella un de ses adjoints :

— Il faut retrouver Julius « Bandana » Groussard et sa bande ! Un pick-up Silverado ! Plus un Range Rover tout neuf ! Alertez tout le monde et retournez la ville, mais il nous les faut !

Tout en s'éloignant, elle lança aux agents de la D.E.A., avec son accent français aggravé par la mauvaise humeur :

— Ce sont eux, les auteurs de cette boucherie ! Pas des fantômes style Birdy et son orchestre !

Les Fédéraux firent la grimace et personne n'osa la contredire, ni ne tenta de la rappeler.

— Un joli guet-apens…, commenta Ed Barnes, morose. Six morts, tous dans le même camp.

— Mais pas trace du metteur en scène, évidemment ! renchérit Correa.

Elle parut tout d'un coup accablée.

— Metteur en scène ? s'étonna Robson.

— Ou manipulateur, si tu préfères, acquiesça Barnes.

— Le type qui a fomenté ce cirque ! s'emporta la jeune femme. Notre homme ! Il a manigancé le numéro et n'est pas venu assister au spectacle ! Trop malin pour ça, ou trop sensible !

Elle ranimait son énergie au carburant de l'indignation. Elle en ferait bientôt une affaire personnelle, une idée fixe, s'inquiéta Barnes.

La bâche brusquement tendue au-dessus de leurs têtes interrompit leurs commentaires. Ils se retrouvèrent isolés du monde et plongés dans une pénombre verdâtre. Alors qu'ils continuaient, impuissants, à ressasser leur course-poursuite aux trousses d'un fantôme, voire deux, un murmure s'éleva dans la cité, relayé de fenêtre en fenêtre, de hall en hall. Un cri de ralliement, digne de ceux qui embrasaient le Superdome les jours de match :

— 4e ward… 4e ward ! Six à zéro ! Six à zéro ! Le 4e ward l'a mis profond à Malencon !

Malgré la flambée qui crépitait dans la cheminée, Frank Malencon frissonnait. Toujours attentif, Rufus vint lui couvrir les épaules d'un plaid, avant de retourner à sa besogne du moment, qui consistait à vérifier un petit arsenal disposé sur une desserte recouverte d'une nappe immaculée. Ruger et Smith & Wesson pour les revolvers, Mac 10 et Heckler & Koch pour les P.-M., Remington pour les fusils, dont un 700 SPS Varmint. Plus un Barrett M 95 de sniper et un Mossberg calibre.44.

En plus d'être attentif, Rufus était soigneux. La panoplie était en parfait état de fonctionnement. Restait à connaître sur quel ennemi la mettre à l'épreuve. Comme Rufus était aussi patient, et quelque peu fataliste, il se disait qu'on le saurait bien assez tôt.

Il interrompit sa tâche et tendit l'oreille lorsque Malencon augmenta soudain le volume du son du téléviseur grand écran face auquel il était assis. Le bulletin de 16 heures d'une chaîne locale d'info en continu égrenait la série de faits divers criminels qui avaient ensanglanté la région depuis ce matin. Une journée noire, déplorait le superintendant Gerald Russell, patron de la CAT, en direct du lieu d'un règlement de comptes particulièrement meurtrier, au nord de Basin Street. Une grande bâche verte déployée au centre d'une cité, six victimes et sur un mur du cimetière proche, comme une signature, un graffiti : « 4e ward »…

— La CAT met tout en œuvre pour retrouver les tueurs ! assena la capitaine Tina Chesnot, en fixant sans ciller l'objectif de la caméra. Elle sait dans quelle direction les chercher, assura-t-elle, sibylline mais menaçante.

— Elle a du cran, cette Cajun, commenta Frank Malencon. On la paie ?

— Non, Frankie, répondit Rufus. Mais on a essayé. Sans succès…

— Il faudra insister. Elle a le 4e ward dans le collimateur, c'est déjà ça…

— Et un amant dans la finance, glissa Rufus en s'assurant de la propreté du canon de la Remington à pompe. Un Blanc.

Un sourire revint fugacement sur les lèvres molles de Malencon. Il s'évanouit quand apparut à l'écran Jack Warren, le directeur général d'IberRealEstate. Warren récitait sa leçon avec le ton de circonstance, petite mécanique technocratique bien huilée tenant son rôle à la perfection. Malencon savait choisir les hommes. Mais ce qui l'accablait, c'était, en arrière-plan, l'image du rez-de-chaussée du siège d'IRE dévasté. Son bureau ravagé…

Il actionna brutalement la télécommande, changeant de chaîne. Un analyste boursier expliquait avec emphase les bonnes performances de Carswell Ingeneering Company. Il restait tellement à faire pour que La Nouvelle-Orléans rentre enfin de plain-pied dans le XXIe siècle. La société d'Alan Carswell était à la pointe des forces vives qui pilotaient cette renaissance… Elle était porteuse de plusieurs projets enthousiasmants… Les grands chantiers de demain…

Malencon éteignit la télé, cette fois. Il se tourna vers Rufus, qui aussitôt devina que l'assistance respiratoire allait être nécessaire.

— Je vais appeler Ragusa, souffla Malencon. L'inviter ici. Dès ce soir…

— Ce soir, c'est Carswell qui t'attend, Frankie, lui rappela Rufus.

— Je n'irai pas ! Qu'il aille se faire voir. S'astiquer avec son cours de Bourse !

Rufus ne masqua pas sa réprobation.

— Il faut au moins y mettre les formes, Frankie…

— L'Escalade de Sonny Boy ressemble à une passoire, pas question que je me déplace dedans ! ricana Malencon, avant de se mettre à tousser. Qu'est-ce qu'il fiche, SB, d'ailleurs ?

Rufus installa le masque et la bonbonne avant de répondre :

— Il est reparti. Un problème à régler.

— Patsy Ferraud ? souffla le caïd entre deux hoquets.

Rufus hocha la tête.

— Appelle-le pour lui dire de ne pas perdre les pédales, surtout. Il serait temps de réfléchir, avant de faire n'importe quoi !

— Je lui ai déjà dit.

— Ça ne suffit pas, avec lui, s'énerva Malencon. Dis-lui que c'est moi qui lui ordonne de ménager Patsy. Il pourra nous servir, face à Ragusa…

— Tu vois comment ? l'interrogea Rufus.

— Pas encore. Mais, à ce rythme, il ne va plus rester personne… de fiable, je veux dire. De fidèle.

Il ne dit plus rien pendant plusieurs secondes, s'appliquant à respirer sous le masque. Le toubib devait lui faire une nouvelle piqûre en fin d'après-midi. Il ne comprenait pas que son état empire, mais c'était pourtant le cas. La blague qui voulait que le crabe épargne les pêcheurs de crevettes du bayou ne valait peut-être pas pour lui… Mais cela faisait longtemps qu'il ne pêchait plus…

— Ramon est là ? reprit-il quand il put de nouveau parler. Dis-lui de venir…

Le Mexicain mince et coupant comme une lame le rejoignit une seconde plus tard. Il observa l'attirail médical, les joues qui reprenaient peu à peu des couleurs. Mais la respiration sifflait toujours.

— J'ai l'air d'un vieillard ? demanda Malencon, agressif.

Ramon « El Chango » se garda de répondre directement. Il montra la bouteille d'oxygène et lâcha :

— Si Giacomo Ragusa te voit avec ça, rien ne le retiendra !

— Evidemment ! Mais pas question qu'il se fasse des idées…

Malencon reprit son souffle avant de poursuivre :

— Tu as eu des assurances, à Juarez ?

— Des promesses, rectifia Guttierez. Pas de nouveau chargement avant dix jours.

Malencon expira avec un bruit de pneu qui se dégonfle.

— Dix jours ! Impossible de tenir dix jours.

— Il faudra bien. Le marché là-bas est désorganisé. Depuis la disparition d'Eduardo Rodriguez et les arrestations en chaîne, c'est le bazar !

Homme d'affaires d'envergure internationale, Rodriguez contrôlait en sous-main le narcotrafic, au Mexique. Il avait péri à l'automne précédent dans un accident d'hélicoptère. La guerre des gangs avait aussitôt repris et aux assassinats s'étaient ajoutés des coups de filet policiers. Faute de régulation, le trafic de drogue, comme les autres trafics plus légaux, donnait lieu à des dérives très dommageables. Les narcos en arrivaient à saborder leur business.

— Ragusa va récupérer nos clients, gémit Malencon.

— S'il propose un deal, mieux vaut l'accepter, suggéra Guttierez.

— Accepter un deal avec ce sac à merde ! s'époumona Malencon. C'est pas pour entendre ça qu'on te paie, « El Chango » !

Celui-ci ne se démonta pas. Il jeta seulement un coup d'œil à Rufus, debout derrière la desserte garnie d'armes comme un joaillier exposant ses pierres les plus précieuses.

— Au moins provisoirement, plaida-t-il. S'il a quelques réserves, et accepte de nous céder une part sur sa prochaine livraison…

— Il attend quelque chose ?

— J'imagine. Mais j'ignore quand. Les grossistes commencent à rationner les dealers, à McDonoghville, à ce qu'on m'a dit. Ils gèrent leur stock avec prudence, et ils ont raison…

Une quinte de toux étrangla Malencon. Il se congestionna de fureur. Rufus intervint. Guttierez en profita pour conclure, sans prendre de gants :

— On n'est pas en position de force, à cause de la catastrophe du *Paulina* ce matin… Alors mieux vaut s'entendre avec Ragusa, en attendant des jours meilleurs. On évitera les émeutes de toxicos en manque…

Les yeux injectés de sang, larmoyants, Frank Malencon mit plusieurs minutes à récupérer. Après quoi, il murmura :

— Tu mérites bien ton surnom, le Singe… On fera comme tu dis, avec Ragusa. Au moins provisoirement…

Guttierez lorgna l'arsenal qui laissait supposer que

l'heure de la négociation avec l'Italien serait vite passée. Mais il s'éloigna sans faire de commentaire. La voix essoufflée de Malencon le rattrapa :

— Au fait, Ramon… Le jeunot, Luke, il a été à la hauteur ?

— Un vrai *sicario*, répondit le Mexicain après une hésitation.

Malencon ne fut pas dupe de sa moue. Il marmonna pour lui-même, dès que « El Chango » eut quitté la pièce :

— Tu es malin, le Singe. Méfie-toi de ne pas l'être trop…

CHAPITRE X

La compagnie de ferries Misstravel avait pignon sur rue. En l'occurrence, sur North Peters Street, à hauteur de French Market Place. Un coin qui grouillait de touristes à longueur d'année. Quand ils étaient lassés d'arpenter le Vieux Carré et ses mille et une merveilles, ils venaient faire une pause sur un banc, dans les allées plantées d'arbres de French Market, et l'agence, adossée au quai, juste en face d'eux, leur offrait un dérivatif bienvenu : une petite croisière sur le Mississippi, d'une heure à une semaine, sur l'un des bateaux qu'on voyait amarrés à quelques pas de là. Il y en avait pour tous les goûts, toutes les bourses. A cette époque de l'année, après la clôture du carnaval, il n'y avait plus de queue aux guichets, mais une honnête et régulière affluence.

Un parking gardé par des vigiles, sur le flanc de l'agence, permettait de se garer pour une courte durée. Les clients qui venaient en voiture disposaient d'une entrée séparée, menant à un guichet unique et isolé des autres par une paroi vitrée. Alors que les trois guichets accueillant les clients à pied faisaient face à la rue, celui-là lui était parallèle. De l'extérieur, on n'apercevait, à travers la vitre de séparation, que le profil flou du client, et pratiquement rien de l'employé qui le servait, sauf s'il se penchait en avant.

Bien qu'aucun embouteillage ne s'y produise, la circulation dans le parking était gérée par deux vigiles armés. Deux autres patrouillaient dans la salle où s'alignaient les comptoirs, sur fond d'énormes affiches publicitaires. Aucun garde en revanche n'était préposé à la surveillance du « guichet auto », qui portait le n° 4.

Le dernier banc à l'extrémité de French Market Place n'était pas le plus convoité par les promeneurs, surtout à cette saison. Passé 16 heures, il était à l'ombre, et la fraîcheur tombait vite. Il avait pourtant l'avantage d'offrir, sur l'agence Misstravel, son parking et son guichet n° 4, la meilleure vue possible. C'était la raison pour laquelle Mack Bolan et Charlie « Birdy » Fraser y étaient assis côte à côte depuis un gros quart d'heure. Echangeant de rares propos très pragmatiques, à des fins purement utilitaires. Ne quittant pas des yeux leur objectif et ses environs immédiats. Supputant posément les risques, les aléas, et envisageant les différentes manières de procéder.

Birdy connaissait l'endroit. Il avait fait des repérages et planifié son opération. Pour un franc-tireur dans son genre, elle était réalisable, mais nécessitait tout de même, en plus d'un grand nombre de qualités, une grosse part de chance. Il avait les qualités. Mais la chance, dans quelles proportions ?

— C'est pour ça que Katie ne veut pas que j'y aille, dit-il du coin de la bouche. Elle ne le sent pas…

Bolan ne lui donnait pas tort. Quatre gardes armés, et l'employé du guichet n°4 pouvaient l'être, lui aussi… Il faudrait beaucoup de chance à un homme seul. Et même à deux hommes décidés.

Un mégot dispensant une douceâtre odeur d'herbe brasilla à l'autre coin de la bouche de Birdy, là où un bourrelet disgracieux déformait sa lèvre. Indifférent à la brûlure, il en tira une dernière bouffée, avant de l'ôter de la commissure et de l'écraser sous son brodequin. Il jeta un coup d'œil curieux à Bolan. Depuis qu'il était monté dans le Touareg au carrefour de Canal Sreet et de Saint-Charles, en plein centre-ville, il ne lui avait posé aucune question. Katie Brown lui avait pourtant brossé, au téléphone, un tableau exubérant des exploits récents de son sauveur. Et les rumeurs qui couraient depuis quelques heures sur les calamités endurées par le gang Malencon du fait d'un homme seul acharné à lui pourrir la vie avaient de quoi aiguiser la curiosité. Mais Birdy n'avait rien demandé, et Bolan n'avait aucune raison de se vanter.

Seule comptait l'opération imaginée par Birdy. Il leur restait une vingtaine de minutes pour se décider à la mener ensemble ce jour-là. Le « guichet auto » des ferries Misstravel fermait à 17 h 30.

— Voilà comment je vois les choses…, commença Bolan, sans cesser d'observer l'autre côté de la place.

Il parla environ une minute trente. Quand il eut terminé, Birdy hocha la tête. Il fixa le sol entre ses pieds, laissant bâiller le pan de son imper. La crosse du fusil à pompe Ithaca fixé sur la doublure se révéla. Il s'en rendit compte au bout de deux secondes, croisa le regard entendu de Bolan et émit le petit rire sec qui lui était familier. Seule la bonne moitié de sa bouche y participait…

— C'est la différence entre nous, dit-il. Je suis un musicien fourvoyé dans la délinquance, et vous un soldat en guerre… Je me trompe ?

Bolan fit signe que non.

— La vengeance est un bon mobile, poursuivit Birdy. Elle m'a fait réaliser des trucs que je n'aurais même pas imaginés… Mais elle épuise l'énergie. Elle ne sert à rien, en fin de compte. Juste à se venger. Ça ne suffit pas. D'accord ?

Bolan fit encore signe que non.

— Alors, on ne pourra pas vraiment s'entendre…

Troisième non. Birdy ne rit pas, mais parvint, en se tordant la bouche, à mimer un vrai sourire. Auquel Bolan répondit.

— Tony « Doigts de fée », enchaîna Birdy sans transition.

— La Subaru grise ?

— Oui. C'est son heure.

Aucun des deux n'avait négligé, durant leur bref échange, la surveillance de l'objectif.

La Subaru pénétra dans le parking, saluée d'un geste par le gardien n°1, un gaillard débonnaire portant Stetson et Ray Ban miroir. Elle remonta l'allée jusqu'à l'emplacement le plus proche de l'entrée réservée. Le gardien n°2, plus âgé et nettement moins cinégénique, s'en écarta pour lui laisser la place. L'homme, athlétique et grisonnant, descendit sans couper le moteur, échangea un signe de tête avec le vigile et poussa la porte d'entrée vitrée. Il se dirigea droit vers le guichet n°4, où personne ne le précédait. Posa sur le comptoir le sac en cuir genre baise-en-ville qu'il tenait à la main. Ils aperçurent le profil de l'employé. Un moustachu rondouillard en bras de chemise. Il délivra un ticket et encaissa en paiement un billet de dix dollars, sur lequel il rendit quelques pièces. La sacoche en cuir glissa alors sur le comptoir, vers lui.

— « Doigts de fée » est un sacré tricheur aux cartes, murmura Birdy en guise de commentaire. J'ai observé son tour de passe-passe plusieurs fois en n'y voyant que du feu.

L'employé avait dû se lever pour rendre la monnaie, car son avant-bras nu, couvert de poils, s'appuyait sur le comptoir. Il poussait les pièces une à une et Bolan compta jusqu'à quatre avant qu'il reprenne sa position normale. La sacoche en cuir avait été masquée durant cinq secondes à peine. « Doigts de fée » la tira à lui et l'instant d'après il ressortait, en la tenant sous son coude.

— Bien joué, apprécia Bolan.

Tony « Doigts de fée » remonta dans la Subaru et lorsqu'il quitta le parking, en ignorant les gardes, il avait les deux mains bien en vue sur le volant. La sacoche devait être sous son siège.

— Combien, dans la sacoche ? questionna Bolan.

— Deux kilos, minimum ! répondit Birdy. « Doigts de fée » vend au casino et dans plusieurs cercles de jeu. Une clientèle qui a les moyens.

Brusquement, Bolan se leva du banc.

— Sa Subaru me plaît bien, décréta-t-il. Il prend quelle direction, d'habitude ?

— Le front de mer vers le nord. Faubourg Marigny…

Sans bien comprendre les intentions de Bolan, Birdy lui emboîta le pas. Ils traversèrent à grandes enjambées le French Market et débouchèrent au carrefour de

Barracks Street au moment où la Subaru s'y arrêtait au feu rouge, derrière un camion. Bolan adressa un regard à Birdy, obtint en réponse un acquiescement, et longea en courant le flanc du camion. Sans hésiter, il bondit et ouvrit la portière conducteur de la Subaru.

Tony « Doigts de fée » sursauta, poussa un cri et lança son poing droit dans le vide. Celui de l'Exécuteur l'atteignit à la tempe. Il dingua sur le côté, où Birdy venait d'ouvrir l'autre portière. La crosse de l'Ithaca balaya si violemment l'espace que la mâchoire déboîtée fit entendre un bruit de bois sec qu'on casse. Bolan était déjà au volant. Tony glissa sur le plancher de la voiture, reçut les brodequins de Birdy dans la poitrine et poussa un hurlement quand la portière claqua, écrasant les doigts de fée d'une de ses mains, aventurée à l'extérieur. L'acier du fusil heurta ses dents, en brisa deux. Le canon s'enfonça dans sa gorge. Il s'étrangla, émit un râle et tourna de l'œil.

Parvenu à l'intersection d'Esplanade Avenue, Bolan vira vers les quais et trouva, cent yards plus loin, une aire de stationnement encombrée de camions en attente de chargement. Des groupes de chauffeurs jouaient aux cartes à la terrasse d'une buvette, pour patienter. La Subaru contourna un semi-remorque, à l'opposé. Elle stoppa, Bolan descendit, fit le tour et ouvrit la portière. Une bouillie de doigts écrasés dégoulina sur la tôle. Il empoigna Tony par le col et l'extirpa du véhicule, s'écartant pour éviter d'être éclaboussé, quand il vomit. Le dealer roula à terre, secoué de spasmes. Birdy braqua le fusil à pompe mais, d'un geste, Bolan l'arrêta.

— Trop de bruit…, dit-il en indiquant la direction de la buvette.

Il tira de sa ceinture le Beretta 93-R, et d'une poche de son blouson le réducteur de son. Quand il l'eut vissé à l'extrémité du canon, il tendit le bras et tira deux fois, dans la nuque. Il n'y eut qu'une seule entrée de balle, deux trajectoires à peine divergentes, à travers la boîte crânienne de Tony, et un seul plouf perceptible. Le corps tressauta et retomba en vrac, comme un château de cartes balayé par un mauvais vent.

Birdy remisa l'Ithaca sous son imper, referma sa portière et trouva la sacoche en cuir sous le siège. Alors que Bolan manœuvrait pour repartir, il dit en montrant les deux briques emballées de plastique, à l'intérieur :

— Deux kilos. Cocaïne. Il en vend toujours de la bonne. Trop cher…

Il replaça les deux paquets sous le siège et ajouta, avec un regard de biais vers Bolan :

— Je le sais, j'ai été son client… Comme presque tous les musicos de la ville… Mais le guichet n°4 fournit surtout de l'héro aux dealers des cités.

De la sacoche vide posée entre eux, il tira aussi un billet pour une croisière express sur le Mississippi. Neuf dollars cinquante… Bolan le prit et rebroussa chemin. En passant à hauteur de l'agence, ils aperçurent deux clients à l'intérieur, côté piétons, qui se tenaient près du seul guichet ouvert. Personne du côté auto. Il restait cinq minutes avant la fermeture. Bolan accéléra jusqu'au prochain croisement, fit demi-tour pour reprendre North Peters Street dans l'autre sens. A peu de distance de l'agence, il freina et Birdy sauta du véhicule, puis se hâta vers l'entrée de Misstravel. L'Exécuteur, quant à lui, la sacoche en cuir sur le siège passager, le ticket de croisière à la main, bifurqua vers l'entrée du parking.

Le garde n°1 reconnut la voiture, vit une main qui agitait le ticket et fit signe à son collègue. Lui faisant la remarque que, pour échanger son billet, le client avait tout juste le temps. Bolan pila sur l'emplacement libéré, bondit hors de la Subaru et fonça vers la porte. Le garde n°2 vit passer une silhouette pressée, une sacoche à la main. La porte s'ouvrit et le client de retour disparut à l'intérieur.

La première détonation retentit une seconde plus tard. Fracassante et mortelle…

A travers la paroi vitrée, Bolan eut la vision fugace d'une haute silhouette coiffée d'un petit chapeau, qui braquait un fusil à pompe tenu à la hanche. L'instant d'après la déflagration l'assourdit, et la vitre de séparation fut presque totalement obscurcie par un corps projeté contre elle, bras en croix. Une main tenait un revolver qu'elle n'avait pas eu le temps de pointer. Du sang gicla et dégoulina en fines rigoles sur la glace dépolie, tandis que le corps s'affaissait lentement.

Derrière le guichet n°4, le moustachu rondouillard en bras de chemise était en train d'enfiler sa veste avant de fermer boutique et de rentrer chez lui. La stupeur le figea sur place, bouche bée. Avant qu'il ne bouge ou ne crie, Bolan bondit et le saisit à la gorge. Le réducteur de son du Beretta s'enfonça sous le menton du bonhomme, accélérant le mouvement de yoyo de sa pomme d'Adam. Il ne risqua pas un geste, seulement un coup d'œil vers l'alarme dissimulée sous le comptoir. En dessous, dans un tiroir entrouvert, on apercevait la crosse d'un deux-pouces.

Bolan sauta par-dessus le guichet et repoussa l'employé. Il lui brandit sous le nez, en même temps que le Beretta, le dernier ticket de croisière de sa journée.

— « Doigts de fée » n'a pas vu assez grand, je viens chercher le reste de ton stock…

Le moustachu écarquilla les yeux et par tous ses pores exsuda des litres de sueur, à croire qu'il allait se liquéfier sur place.

Du coin de l'œil, le Guerrier vit les deux vigiles qui réagissaient au coup de feu en se précipitant vers l'autre entrée de l'agence, sans accorder plus d'attention à ce qui se passait au guichet n°4. Tandis qu'ils cavalaient, le Stetson, revolver au poing, devançant largement son coéquipier, il entendit la voix forte de Birdy, aux intonations métalliques féroces, qui intimait au second garde de bien lever les mains en l'air, pour éviter de connaître le même sort que son collègue. Et aux autres de se coucher par terre.

Bolan s'accorda mentalement dix secondes. Il en concéda beaucoup moins au moustachu.

— Tu m'ouvres ta cache au trésor… je compte jusqu'à trois…

Le bonhomme tenta de réfléchir. Une perte de temps funeste. Et la vitre de séparation ruisselant de sang frais, avec le cadavre tassé par terre, ne favorisait pas la concentration. L'Exécuteur examina le bureau. Le stock de came était forcément à portée de main du guichetier. Il fit remonter d'un coup de pied le rideau métallique, sous le tiroir entrouvert. Le coffre-fort était encastré dans le meuble.

— Il te reste une seconde et demie ! gronda-t-il à l'oreille du moustachu, en le déséquilibrant.

L'autre se retrouva à terre, le front contre la porte du coffre, maintenu par une poigne de fer. Ses doigts boudinés se mirent à pianoter sur le clavier d'ouverture. Bolan n'ajouta rien, de peur qu'il ne se mélange dans la combinaison. Il avait l'impression de serrer le cou à une glace en train de fondre.

Le coffre s'ouvrit en même temps qu'une nouvelle détonation ébranlait les murs. Birdy n'avait qu'une poignée de secondes d'avance sur le timing estimé. Ou peut-être était-ce l'Exécuteur qui avait un tout petit retard. Quoi qu'il en soit, les paquets sous plastique soigneusement empilés dans le coffre de l'agence Misstravel tombèrent dans la sacoche de Tony « Doigts de fée » comme des fruits mûrs… Bolan dut même en garnir ses poches, Tony ayant choisi un modèle de baise-en-ville pour escapades sans lendemain… Mais quand il émergea après avoir assommé le moustachu liquéfié, la jonction avec Birdy n'était pas encore d'actualité. Les impondérables se situaient de l'autre côté de la vitre de séparation…

Le garde au Stetson avait perdu toute sa bonhomie, en arrivant hors d'haleine à l'entrée de l'agence. Il avait pris soin de viser, alors que Birdy franchissait d'un bond le long comptoir de vente. Le projectile de .357 Magnum ricocha au-dessus de sa tête et perfora le panneau clignotant où s'affichait le numéro du guichet en service, le 2. En dessous, l'employée, mains jointes sur la nuque, était sagement allongée sur le sol, en train de prier sans doute, car un murmure ininterrompu coulait de sa bouche. Elle se plaignit à peine lorsque les brodequins de Birdy lui caressèrent les côtes. Il l'enjamba et s'écarta avant de riposter. Le garde présomptueux ravala d'un coup ses prétentions de tireur d'élite et son bulletin de naissance, qui le disait natif d'un patelin du Mississippi où le shérif — son père — n'aurait jamais toléré qu'un Noir se balade avec un fusil à pompe, ou une arme quelconque. Il en était cramoisi sous son Stetson, bouffi d'indignation, crachant du sang et vitupérant, alors que la balle rayée calibre 12 frayait dans son large thorax — fierté de sa mère — une trouée rectiligne et gloutonne, déchirant tout sur son passage. Elle ne ressortit pas, fouillant, creusant et broyant les organes vitaux, disloquant avec férocité toute la belle mécanique constitutive d'un gaillard du Mississippi dans la fleur de l'âge…

Projeté en arrière par l'impact, il finit par s'écrouler, et le Stetson roula dans la poussière. L'autre garde, en voyant son équipier se répandre à ses pieds, battit prudemment en retraite jusqu'au trottoir. Il avait passé l'âge de jouer les héros. Accroupi derrière le premier véhicule en stationnement, il aperçut son collègue rescapé, à l'intérieur de l'agence, qui rampait vers la sortie, abandonnant le local aux mains du fou furieux de la gâchette. De ce côté-ci du comptoir, il restait un client étendu par terre, immobile, à qui l'envie d'une croisière sur le Mississippi ne reviendrait sans doute pas de sitôt…

Le vigile se demandait où était passé le Black au fusil à pompe, et commençait à craindre le pire pour l'employée, invisible de l'autre côté des guichets, lorsque l'homme réapparut, sautant tel un diable par-dessus le comptoir.

Fusil à la hanche, maître de la situation, il se tourna vers la glace de séparation, et tira dedans à deux reprises ! Un instant, on put croire que la vitre avait encaissé sans broncher. Puis, d'un coup, elle explosa et tomba en mille éclats sanglants. Stupéfait, le vigile se rendit compte alors que son collègue du guichet n°4 n'avait pas déclenché l'alarme, et que le client à la Subaru, l'habitué qu'on appelait Tony « Doigts de fée », n'avait pas réagi à la fusillade. Puis il vit le Black enjamber le cadavre et les débris de verre, s'élancer vers la porte. L'homme réputé pour ses tours de cartes était déjà sorti, il grimpa dans la Subaru, après y avoir jeté son sac de voyage, démarra. Le temps d'une marche arrière, son complice monta à son tour. La voiture fila vers la sortie du parking, tourna dans North Peters Street sans être inquiétée, et disparut.

Le vigile, même s'il avait couru comme un dératé, ne serait pas arrivé à temps pour la stopper. C'était tellement évident qu'il n'essaya même pas. Il tira tout de même trois fois dans la direction des fuyards, pour qu'il ne soit pas dit qu'il était resté bras croisés, puis il songea à appeler des renforts. Au moins, il pouvait décrire la Subaru, il se rappelait même son numéro de plaque. Et quant aux deux hommes, quelque chose le tracassait : Tony ne ressemblait pas vraiment à Tony. Il y avait un loup !

Lorsqu'il entra dans l'agence, il s'attendait au pire et fut presque déçu. Le client et l'employée, assis par terre, se remettaient de leurs émotions. Ils en étaient quittes pour une grosse frayeur. Le moustachu du guichet n°4 geignait en se frottant le crâne, à genoux au milieu d'une flaque, devant son coffre vide. Le garde lui dit d'actionner l'alarme. L'autre gémit en s'épongeant :

— Pas la peine, il l'a débranchée.

Le vigile revint aider son collègue indemne à se relever. Un jeunot qui venait d'être embauché, et tremblait tellement qu'il ne tenait pas sur ses jambes. Une large auréole humide décorait le devant de son pantalon. Du coup, le revolver à sa ceinture, qu'il n'avait même pas songé à dégainer, avait l'air d'un jouet de gamin.

— T'as intérêt à changer de métier, mon pote, soupira le garde âgé.

L'autre, encore mort de trouille, bredouilla en se cramponnant à sa manche :

— C'était lui… il me l'a dit… Birdy… Il nous a pas tués.

— Ben non. Faut dire qu'on n'a pas cherché à le contrarier. On a bien fait, la preuve…

— Où il est ?

Le jeunot jetait partout des regards paniqués.

— Ils sont loin !

Devant la mine éberluée du bleu, l'ancien précisa :

— Parce que en plus, maintenant, Birdy, ils sont deux…

CHAPITRE XI

Ils traversaient le 9e ward vers le nord, longeant les voies de chemin de fer. Après avoir abandonné la Subaru non loin du parking où se trouvait le cadavre de Tony « Doigts de fée », ils avaient récupéré le Touareg. Au-delà de North Galvez Street, Birdy indiqua à Bolan une rue jalonnée de terrains vagues, où de rares maisons neuves, de bois et juchées sur pilotis, voisinaient avec d'anciennes constructions rescapées de Katrina et des tempêtes plus récentes, mais qui en portaient les stigmates : les rez-de-chaussée, même surélevés, étaient inoccupés, leurs ouvertures condamnées par des planches, et la vie s'était réfugiée à l'étage. D'autres baraques, ouvertes à tous vents, étaient abandonnées et n'attendaient plus que le bulldozer qui viendrait les raser. C'est devant l'une d'elles que Birdy fit signe qu'ils étaient arrivés. Devant eux, on apercevait Florida Avenue et la voie ferrée desservant les installations portuaires d'Industrial Canal.

Bolan gara le Touareg dans une allée semée de nids-de-poule, sur le flanc de la baraque. Des gamins jouaient au foot dans la friche attenante. L'arrivée de la voiture déclencha une série de coups de sifflet et ils décampèrent.

Mais lorsque Birdy descendit du Touareg, une seconde vague de coups de sifflet retentit, et les gamins réapparurent. Alerte levée.

— Surveille la caisse, dit Birdy à un adolescent en montrant le Touareg. Monsieur est un ami.

Les jeunes dévisagèrent Bolan avec curiosité. Il était le seul Blanc de tout le secteur, à n'en pas douter.

Avant de gagner l'étage de la maison par un escalier rafistolé donnant sur l'arrière, Birdy échangea quelques mots à voix basse avec l'adolescent. Puis il lança à Bolan :

— Sonny Boy est passé pas loin tout à l'heure. Sur Florida Avenue. Il avait le feu aux trousses et sa belle Cady a dégusté… Tu y es pour quelque chose, je parie ? C'est l'histoire que Katie m'a racontée ?

L'Exécuteur acquiesça. L'adolescent et, dans la minute qui suivit, tous les gamins alentour le regardèrent avec admiration et respect. L'homme qui avait fait fuir Sonny Boy, et en outre cabossé sa super voiture toute neuve, était un héros.

Ils se retrouvèrent à l'étage, dans l'unique et vaste pièce qui servait de tanière à Birdy. Sous un plafond constellé d'auréoles humides, il y avait un matelas par terre, un duvet de l'armée, des caisses vides retournées pour s'asseoir, un vieux canapé face à un petit poste de télé, et dans la partie faisant office de cuisine un équipement des plus sommaires. Birdy suspendit son imper à un clou, après avoir suspendu l'Ithaca à deux crochets. Mais il garda son chapeau. Il sortit des bières du réfrigérateur, alluma la télé, puis un joint, et quand Bolan eut décliné celui qu'il lui proposait, se contentant d'une bière, il lui demanda :

— Tu cherches quoi, à La Nouvelle-Orléans ? Ou qui ? A part moi…

— Frank Malencon, répondit Bolan.

— Rien que ça ?

— C'est lui le boss, non ?

— En effet. Il n'est pas le seul…

— Il y a aussi Carswell, c'est vrai. Le futur gouverneur, qui sait ? Mais sans Malencon, il n'est rien. Un homme d'affaires véreux, avec des ambitions politiques, comme tant d'autres. Qu'il disparaisse, un autre le remplacera. Tandis que Malencon continuera de tirer les ficelles. C'est lui qui choisit qui il corrompt, Carswell aujourd'hui, un autre demain…

— Tu lui as fait passer une journée noire.

— Sonny Boy ne compte pas, se défendit Bolan. Speedy et Pitch encore moins…

Le regard de Birdy se figea.

— Pour moi, si.

— Speedy est mort, et Pitch ne vaut guère mieux, il ne reparaîtra pas de sitôt.

— T'aurais pas dû ! J'aurais voulu les buter moi-même, ces deux-là !

— Désolé, je ne savais pas.

— Ils étaient là-bas, au bord du Mississippi ?

— Oui, confirma Bolan. En couverture. Tu es bien renseigné.

— J'ai intérêt, pour rester en vie !

Birdy resta un moment silencieux, digérant la nouvelle. Puis il reprit :

— Malencon a perdu gros ! Une livraison qui tombe à l'eau, c'est la panique chez les revendeurs, la hantise du manque chez les junkies ! Les réserves étaient déjà au plus bas, alors là, c'est la cata ! Des clients mal en point, des dealers à cran.

Bolan vida sur une planche posée entre deux caisses la sacoche de Tony « Doigts de fée ». Il aligna dix paquets, identiques aux deux qu'ils avaient pris au dealer. Birdy émit un petit sifflement, du coin de la bouche.

— Pas mal, hein ! Tout le stock de coke de Misstravel !

— Presque tout le stock, rectifia Bolan, sans s'expliquer davantage.

Environné d'un nuage de fumée, Birdy alla fouiller dans une cantine ouverte débordant de partitions de musique en vrac. En sortit une serviette dont il retira quatre briques emballées avec soin. Il les aligna sur la planche, entamant une autre rangée.

— Héroïne, commenta-t-il. Elle vient de chez Ragusa. Excellente qualité !

Puis il alla chercher, sous une fenêtre presque entièrement obturée par des planches, un étui en cuir dont le revêtement et les fermetures avaient souffert. Il était assez grand pour contenir un instrument de musique volumineux, ou un fusil d'assaut, songea Bolan, mais lorsqu'il l'ouvrit, Birdy en fit tomber une demi-douzaine de paquets semblables. Il les ajouta aux quatre de la rangée « héroïne ».

— Celle-là est coupée, expliqua-t-il. Moins bonne que celle de Ragusa, mais le Mexicain assure des livraisons plus régulières.

— Le Mexicain ? feignit de s'étonner Bolan.

— Ramon Guttierez, il bosse avec des narcos de

Ciudad Juarez. La marchandise arrive en camion. Je ne t'apprends rien, pas vrai ?

— Non…

— Ragusa, c'est une autre filière, à mon avis.

Bolan se contenta d'approuver d'un hochement de tête. Les Italo-Américains, par tradition, ignoraient le Mexique, préférant traiter directement en Colombie, à la grande époque de Pablo Escobar. Avec le déclin de la filière colombienne, et l'avènement du Mexique comme plaque tournante du narcotrafic en direction des Etats-Unis, ils s'étaient retrouvés relégués en seconde division. Raison pour laquelle Ragusa s'était récemment tourné vers la Bolivie.

— La D.E.A. serait aux anges ! reprit Birdy en contemplant le butin du jour. Plus de vingt kilos ! Perte sèche pour les trafiquants… un sacré paquet de dollars ! On ne va pas les balancer dans le Mississippi, les poissons ont déjà eu leur dose ! Un feu de joie dans la prairie ?

— Sérieusement ?

— Bien sûr ! s'écria Birdy. Je pique la came pour la détruire, tu ne le sais pas ? Ou tu croyais que je la revendais en douce ?

Il fixa Bolan et dit en tirant une bouffée de son joint :

— Le fric, je m'en fous, mais la dope, je la hais…

Son regard glissa sur le décor minable, s'arrêta, à la tête du matelas, sur une photo dans un cadre en plastique gondolé. Une famille, un jour de fête. Au premier rang, un adolescent endimanché souriait de toutes ses dents à l'objectif, la mine radieuse. Il tenait à la main une trompette qui semblait grande pour sa taille. Les pommettes marquées et le regard intense étaient bien ceux de Charlie « Birdy » Fraser.

— La dope a tué trop de monde autour de moi, dit-il. Et les survivants, c'est Katrina qui les a balayés. On ne se venge pas d'un ouragan… mais des mafieux, si… Et Katrina, ils en ont bien profité !

Il se déplaça brusquement dans la pièce, monta le son de la télé. Bolan reconnut French Market Place, l'agence de Misstravel Ferries. Un reporter donnait en direct le bilan de l'attaque, par deux hommes puissamment armés, des bureaux de la compagnie. La CAT avait bouclé le périmètre et on avait retrouvé la voiture grise des braqueurs meurtriers non loin de North Peters Street, ainsi que le cadavre de son propriétaire, Tony Siletti, bien connu des services de police… Mais à la question insistante du journaliste en studio, demandant à son envoyé spécial quel était le mobile de cette nouvelle tuerie, le bonhomme était bien incapable de répondre.

— Un coffre-fort a été ouvert et vidé…

— C'est donc de l'argent que les deux malfaiteurs ont emporté… Ils auraient confondu Misstravel avec une banque ?

— Selon un enquêteur, on aurait trouvé dans le coffre un paquet contenant de la drogue… Un kilo de cocaïne, oublié par les malfrats…

— Ils auraient donc confondu Misstravel avec une officine de trafiquants, suggéra, faussement naïf, le journaliste, avant de rappeler que l'agence de ferries appartenait à une société détenue à parts égales par Frank Malencon, surnommé « le roi du bayou », et Alan

Carswell, l'homme d'affaires qui avait racheté, après Katrina, quantité d'entreprises en perdition…

Birdy lança un regard amusé à Bolan, remarqua :

— Un échantillon oublié à bon escient ! Carswell va devoir s'en dépêtrer.

Il éteignit le poste à l'instant où apparaissait à l'écran le visage d'un des vigiles rescapés, qui disait avoir eu la peur de sa vie… Puis il revint face à l'Exécuteur et annonça :

— J'ai un coup de fil à passer. J'aurai peut-être des précisions sur une rencontre au sommet prévue pour bientôt. Entre Frank Malencon et Giacomo Ragusa…

— Malencon a besoin d'aide ? supposa Bolan, narquois. Et Ragusa a senti que c'était le bon moment pour la lui proposer…

— Quelque chose comme ça. Le Rital se sent un peu à l'étroit sur l'autre rive du Mississippi. Il cherche à négocier un nouveau partage de territoire. Et il a de la bonne came, à présent.

— Ça ne durera pas, assura Bolan. Sa filière bolivienne est infiltrée.

— A t'entendre, on croirait que tu es dans les petits papiers de la D.E.A.

L'Exécuteur ne releva pas, laissant Birdy gamberger. Ce dernier haussa finalement les épaules et remarqua :

— Malencon ne sort plus guère de son repaire. A moins de l'attirer en ville, tu n'as aucune chance…

— Qui sait ? Si Ragusa lui rend visite…

— Tu as un plan ? Comme à l'agence ? Un raid sur Cataouatche ? Tout seul contre une petite armée, dans le bayou ? Et même si on était deux ?… Il faudrait un sacré plan !

Il y avait plus que de la curiosité dans la question de Birdy, mais la réponse laconique de Bolan le laissa sur sa faim :

— Je l'ai peut-être…

Birdy n'insista pas.

— Je vais téléphoner dehors, dit-il.

Avant de sortir, il trouva au fond de la pièce, dans un fouillis d'affaires, à même le sol, un sac de marin, et demanda à Bolan, en montrant les paquets de drogue :

— Tu peux les mettre là-dedans ? Je préfère que les gamins ne tombent pas dessus…

Il sortit ensuite et, du coin de la bouche, lança un sifflement strident. Auquel un autre répondit aussitôt. Bolan l'entendit qui disait à un des gamins, du haut de l'escalier :

— J'ai besoin d'un portable pour téléphoner discrètement. Tu appelles Donald ?

Ce dernier ne mit pas longtemps à rappliquer. Birdy n'avait pas le téléphone, pas de portable. Par prudence. Pour quelqu'un qui était en tête de liste des individus à abattre, c'était une précaution minimum.

Le nommé Donald ne monta pas les marches, c'est Birdy qui descendit. Il tira d'une poche de son pantalon de treillis un bout de papier plié et fit le numéro qui y était inscrit.

— Patsy ? demanda-t-il.

— Non, c'est Joseph, son cousin…, répondit une voix stressée.

— Patsy est dans le coin ?

— Non, et c'est pas normal. Deux heures que je l'attends ! Son portable ne répond pas. Mais je sais pas où il est, je l'ai déjà dit à votre pote, là dehors…

— Quel pote, Joseph ?

— L'espèce de vampire garé de l'autre côté de la rue, qui attend que la nuit tombe pour venir me sucer le sang !

— Un vampire ?

— Sonny Boy Barrow… c'est tout comme, non ?

Birdy raccrocha, rendit le portable à Donald et remonta quatre à quatre l'escalier. Bolan demanda :

— Alors, cette rencontre au sommet ?

— Le type qui pouvait me renseigner est dans la nature, mais Sonny Boy fait le guet devant son corner ! On y va ?

L'Exécuteur était prêt. Il portait le sac de marin contenant la came. Birdy enfila son imper, rafla le fusil à pompe. Au moment de quitter les lieux, sans même éteindre la lumière ni fermer la porte, il dit d'une voix qui grinçait comme jamais :

— Sonny Boy, je vais le fumer moi-même, O.K. ? Tu m'as privé des deux autres salopards, mais celui-là…

L'adolescent préposé à la garde du Touareg les salua d'un geste joyeux, quand ils repartirent.

— Eden Street, au coin de Washington Avenue, dans Uptown, expliqua Birdy. Le drugstore de Joseph Ferraud. Par l'expressway…

— Je sais, le coupa Bolan en accélérant. Qu'est-ce qu'il veut à ton pote, Sonny Boy ?

— Patsy Ferraud est plutôt son pote que le mien ! Un dealer qui joue les dandys… Les quatre kilos de Ragusa, ils étaient dans ses poches… Un cadeau du Rital, preuve de sa bonne volonté pour rencontrer Malencon. Mais question discrétion, Ferraud n'est pas le meilleur. Sonny Boy doit l'attendre pour lui sonder le crâne… Je me fiche de Ferraud, mais SB…

Alors qu'ils roulaient à vive allure sur l'autoroute urbaine, Birdy toucha machinalement sa lèvre boursouflée.

— Sonny Boy, le ressuscité d'entre les morts…, reprit-il à mi-voix, la bouche tordue. La drogue m'a volé un petit frère, overdose à seize ans… Katrina, mes parents et ma sœur… Notre maison du Lower 9e ward a été balayée, emportée comme un fétu… J'ai rien retrouvé, quand je suis revenu d'Atlanta… Seulement leurs corps dans la boue, une semaine après ! Y a des disparus qui sont revenus, des jours, des semaines après… Sonny Boy, par exemple, que tout le monde dans le 9e ward croyait mort.

Birdy se tut, comme si l'histoire se terminait là, puis tout à coup il ajouta, avec les intonations métalliques qui faisaient ressembler sa voix à un synthétiseur :

— SB m'a ôté tout ce qui me restait…

Il tourna son visage à la peau luisante vers Bolan, tapota sa lèvre, la retroussa pour montrer le bourrelet de chair morte.

— Plus de trompette, après ça… Impossible de souffler, avec toute cette charpie, dit-il en pinçant violemment la cicatrice. Le fameux couteau de Sonny Boy !

Il s'interrompit, fit tinter d'une pichenette, à travers son imper, la culasse de l'Ithaca.

— J'ai échangé ma trompette contre ça, ensuite… Alors, tu me le laisses, cet enfoiré !

Il fixa la chaussée sans dire un mot de plus.

*
* *

Dans son bureau présidentiel, au dernier étage de l'immeuble de la Carswell Ingeneering Company, sur Lafayette Square, Alan Carswell fixait, sur l'écran plat faisant face à sa table de travail, le visage d'un moustachu rondouillard et transpirant qui passait pour le héros du jour, sur les chaînes d'infos en continu.

Encore sous le choc de ce qui lui était arrivé sur le coup de 17 h 30, le nommé Eduardo Alvez, employé au guichet « auto » de Misstravel Ferries, avait étourdiment reconnu que l'homme qui l'avait braqué et obligé par des moyens violents à ouvrir son coffre avait délibérément oublié un paquet, parmi la douzaine que contenait ledit coffre.

— Il aurait pu tous les prendre, en bourrant sa sacoche, mais il en a laissé un, « pour le réconfort de M. Carswell », c'est ce qu'il a dit…

Ce qu'Alvez avait dit, au premier micro qui se tendait, avant de se rétracter et d'être escamoté par les enquêteurs du NOPD, repassait en boucle. En bras de chemise, l'air hagard et le front orné d'une jolie bosse, le bonhomme ressemblait à un repenti passé à tabac, dénonçant son capo dans une mauvaise série télé. L'entendre prononcer son nom rendait Alan Carswell vert de rage. Et cette phrase que lui avait soufflée son agresseur, associant Carswell à la douzaine de kilos de drogue contenus dans le coffre de Misstravel, c'était hallucinant, proprement hallucinant…

Carswell vida le verre de scotch qu'il s'était généreusement servi pour tenir le choc, éteignit la télé et, à la place, contempla le vide qui s'ouvrait sous ses pieds. La sonnerie de l'Interphone mit plusieurs secondes à franchir les défenses que son cerveau avait érigées pour le protéger des agressions extérieures. Il fixa l'appareil, sans parvenir à le faire taire, ni exploser, et se résigna à répondre. Sa secrétaire particulière lui annonça :

— Un reporter du *Chronicle* a réussi à se faufiler jusqu'à mon bureau, et au téléphone, ils sont trois, de la télé et des radios, à me harceler pour pouvoir vous poser des questions…

— Qu'est-ce qu'ils veulent, bon Dieu ? hurla Carswell.

La voix du reporter, devançant la secrétaire, lança dans l'Interphone :

— Connaître votre version, monsieur Carswell, avant que les policiers ne débarquent pour vous interroger !

Carswell débrancha l'Interphone, alla vérifier que la porte de son bureau était bien fermée, puis se rassit et réfléchit. La chose la plus urgente lui parut de passer un coup de fil, de son portable, au numéro qu'il avait appelé quelques heures plus tôt. A Golden Meadow, c'est de nouveau Rufus qui répondit. D'une voix lugubre. Chez Malencon, on était au courant, évidemment, de la nouvelle tuile, et des effets dévastateurs qu'aurait une déclaration comme celle d'Alvez. Même Gerald Russell, le patron de la CAT, ne pourrait pas faire moins que d'envoyer ses limiers chez Carswell… Misstravel Ferries, c'était Carswell et Malencon, on pouvait faire confiance aux journalistes pour rapidement exhumer leurs deux noms, derrière l'écran de fumée des sociétés.

Alan Carswell aurait pu discuter de tout cela avec Frank Malencon, élaborer avec lui une stratégie de défense. Au lieu de quoi, il se contenta de lancer à Rufus, d'un ton rogue :

— Ce n'est pas le moment qu'on se rencontre en ville, Frank en conviendra… Surtout pas chez moi…

Rufus ne se priva pas de lui rappeler que l'idée venait de lui.

— Eh bien, on remet la discussion à plus tard !

— Vous ne voulez pas parler à Frank ?

— Plus tard, plus tard… J'ai les journalistes à ma porte, bon sang !

— Vous pourriez venir ici, suggéra Rufus, d'un ton sec. Vous étiez prêt à envoyer une ambulance, si Frankie était trop faible… On peut vous envoyer une escorte, si c'est vous, en réalité, qui êtes dans le collimateur…

Carwell s'étrangla, chercha une réplique bien sentie et, faute de la trouver, répéta :

— Plus tard ! Plus tard !

Puis il raccrocha. Se servit un autre verre. Sortit d'un tiroir secret de son bureau un revolver Dan Wesson .357 Magnum aux plaquettes de crosse ouvragées, de bois précieux. Un cadeau reçu juste après Katrina, le désastre qui avait marqué le point de départ de sa fulgurante ascension. Il y songea un moment, puis remit le revolver à sa place et rebrancha l'Interphone.

— Le type du *Chronicle* est toujours là ?

— Bien sûr, monsieur, répondit la secrétaire.

— Un coriace, c'est ça ?

— C'est Bob Taylor lui-même, précisa la secrétaire à voix basse. Alors, coriace, je crois qu'on peut dire cela, oui, monsieur.

— Tant mieux ! affirma Carswell. Taylor, c'est parfait ! Mais ce sera le seul. Faites-le entrer.

Le temps qu'elle introduise Taylor, Alan Carswell se

redressa, lissa sa chevelure épaisse, contrôla sa respiration et fit disparaître verre et bouteille. Il trouva, à l'instant où le journaliste venait vers lui, frétillant, la phrase qu'il cherchait, celle qui devait constituer sa version, et sa ligne de défense. Taylor était le meilleur interlocuteur pour la tester.

— Je vais vous expliquer, en exclusivité, monsieur Taylor, comment je me suis fait piéger par des narcotrafiquants qui sont la plaie de cette ville…

CHAPITRE XII

Patsy Ferraud cracha un filet de bile teintée de sang, en même temps qu'une incisive déchaussée par la violence du coup de poing. Sa tête heurta le mur en parpaing derrière lui. Brusquement, l'arrière-cour au fond de laquelle le groupe de voyous l'avait coincé s'assombrit. Ses genoux se dérobèrent sous lui.

Le Black cogneur était trapu, presque aussi large que haut, avec un cou de lutteur et des biceps gonflés aux stéroïdes. Il venait d'arriver, apportant aux autres la nouvelle que les flics avaient envahi le 4e ward. Patsy était là à point nommé pour servir de défouloir à son stress. Il lui décocha un coup de pied dans le ventre, histoire d'évacuer un petit reste de nervosité, puis demanda :

— Il avait de la came sur lui, au moins ?

— Rien, répondit Julius « Bandana » Groussard derrière lui. Ni dope ni fric. Il s'est fait braquer par Birdy, qu'il dit !

Le costaud plissa le front, puis éclata de rire. Il la trouvait bien bonne. Il se pencha pour tâter la veste en cuir du dealer.

— Birdy lui a au moins laissé ses sapes ! glousssa-t-il.

En un clin d'œil, en s'aidant de quelques coups de pied supplémentaires, il débarrassa Patsy de son élégant trois-quarts.

— Il t'ira pas, Nicky, se moqua un des jeunes de la bande. Jamais tu rentreras dedans !

— Je porte pas ces fringues de tantouze ! protesta Nicky. J'en tirerai cent sacs chez Vito ! Les Ritals, ils adorent ces trucs de gonzesse…

— Ouais, Giacomo Ragusa adore déjà notre pote Patsy, fit Julius en crachant par terre.

Nicky le regarda sans comprendre, tout en fourrant la veste roulée en boule sous son haut de survêtement. Il la coinça sous son aisselle, celle qui n'était pas occupée par un holster contenant un Colt Trooper Mark III, un petit bijou de .357 Magnum confisqué à un agent du NOPD, lors d'un guet-apens particulièrement réussi, dans une arrière-cour semblable à celle-là, mais plus proche de leurs bases, dans le cœur du 4e ward.

— Patsy raconte qu'il a tourné casaque et lâché Sonny Boy, continua Julius. Qu'il a conclu un deal avec Ragusa. Il lui parlait au téléphone quand on l'a repéré…

— Et alors ? Sonny Boy ou le Rital, c'est pas pareil ? Pour nous, j'veux dire ? Tous des motherfuckers !

Ayant livré le fond de sa pensée, Nicky balança un dernier coup de latte sous la ceinture de Patsy et lança à la cantonade :

— Je vous le laisse, moi, ça me dégoûte ! Pas de dope, pas de fric, et pas de calibre ? J'y crois pas ! Et ça, c'est quoi ? ajouta-t-il en écrasant sous ses baskets ce qui restait d'un téléphone portable.

— T'as même plus de portable ! T'es tout nu et t'es plus rien, Patsy le Magnifique !

Content de sa sortie, Nicky quitta la cour en roulant des épaules. A peine s'était-il frayé un chemin entre les tas d'ordures qu'Arnie, qui faisait le guet dans la rue, cria :

— Les flics !

Julius et les trois autres réagirent au quart de tour. Ils détalèrent, abandonnant Patsy Ferraud. Ils déboulèrent groupés dans la rue, mais avant qu'ils n'atteignent le pick-up Silverado garé tout près, au volant duquel Arnie venait de monter, des coups de frein, de sifflet et des sommations retentirent. Puis les premiers coups de feu.

Nicky avait pris de l'avance, il sprintait coudes au corps. Le Dodge siglé NOPD déboucha d'une transversale juste devant lui, et tout s'enchaîna si vite, sommation et tir, qu'il n'eut même pas le temps d'envisager une échappatoire, ni de dégainer son .357 Magnum. Quant à la veste en cuir de Patsy Ferraud, pourtant d'excellente qualité, ce n'était pas un gilet pare-balles…

Mâchoires serrées, son fameux sourire ravalé, Patsy s'était remis debout tant bien que mal. Le bruit des détonations, dans la rue, ranima son énergie, l'incitant à sortir au plus vite du trou à rat où il s'était lui-même piégé, en croyant trouver une issue. Lui qui connaissait Broadmoor comme sa poche s'était planté grave, quand le Silverado l'avait repéré…

A moins qu'il ait seulement joué de malchance… Car malgré le brouillard qui lui embrumait la vue et le cerveau, il distinguait à présent, derrière la benne remplie de gravats qui occupait le fond de l'arrière-cour, l'étroit passage, si commun à La Nouvelle-Orléans, qui permettait de traverser un bloc à pied, en longeant l'arrière des maisons. Patsy, en respirant avec précaution, se glissa derrière la benne et grimaça une esquisse de sourire en s'avançant dans la pénombre, provoquant chez les rats qu'il dérangeait des courses semblables à celles de Julius et de ses potes…

Mais les rats, eux, s'en sortiraient !

Quand il émergea quelques minutes plus tard dans Toledano Street, il aperçut au loin un attroupement de voitures de police, et n'alla pas voir de plus près autour de quels cadavres s'agitaient les silhouettes en uniforme… Il s'éloigna en frissonnant dans la direction opposée, vers Eden Street et le drugstore de Joseph.

Les côtes douloureuses et le bas-ventre transpercé d'élancements, la bouche pleine de sang, il mit du temps à atteindre le coin de rue où il vendait.

Il était plus de 19 heures, la nuit tombait et aucune Escalade blanche ne rôdait dans les parages du drugstore. S'il y avait quelqu'un que Patsy Ferraud craignait de rencontrer, c'était Sonny Boy… Il resta tapi dans la zone la plus obscure de Washington Avenue, surveillant l'entrée du magasin. Quand il fut certain qu'il n'y avait pas de client à l'intérieur, il franchit en courant les derniers mètres et poussa la porte.

— Bon sang, c'est toi, enfin ! Je me faisais un sang d'encre ! Qu'est-ce qui t'arrive ? s'exclama Joseph.

— Il me faut un flingue…, bredouilla Patsy. Un portable… du fric… J'ai plus rien, nom de Dieu, plus rien…

— Reste pas ici ! Sonny Boy est là, dehors, ça fait plus d'une heure qu'il attend…

Patsy Ferraud se redressa et jeta un regard affolé vers la rue.

— Où il est ? Où ?

Au lieu de se replier vers le fond du magasin, il s'avança jusqu'à la porte, en s'abritant derrière les rayonnages. Couvrant un bruit de tiroir, la voix de Joseph indiqua :

— Lincoln Navigator noir, en face, sur Eden Street.

Patsy tendit le cou et aperçut le gros SUV, garé dans l'obscurité. Encore plus massif et prétentieux que l'Escalade. Un monstre planqué à trente mètres de son corner...

— C'est SB, tu es sûr ?

— Fais-moi confiance, murmura Joseph en lui glissant dans la main un automatique. C'est lui et il n'est pas là avec des intentions amicales. Qu'est-ce que tu as fichu, Patsy ?

— Y a pas un client ? réalisa tout à coup celui-ci. A 7 h 30, personne pour venir acheter sa dose ?

— Le bruit s'est répandu que t'avais plus rien.

— C'est vrai, je suis à sec. C'est pour ça que Ragusa...

— C'est donc ça ?

Joseph soupira et battit en retraite. Patsy vit miroiter la vitre de la Lincoln, quand la portière s'ouvrit. La haute silhouette noire se détacha un instant sur fond de nuit, la portière se rabattit sans bruit. Le temps de manœuvrer la culasse pour faire monter une balle dans la chambre, Patsy perdit de vue la forme qui s'éloignait de la voiture pour traverser la chaussée.

— Où tu es, putain de vampire ! cria-t-il en soufflant des bulles de sang. Eteins la lumière, Joseph ! Où il est ? Eteins !

Les néons du drugstore s'éteignirent. Des voitures

passèrent. Dans la lueur des phares, la silhouette fut soudain distincte, ou son reflet dans la vitrine. Cela ne dura qu'un instant. Une vision de cauchemar, tout droit issue des récits des ancêtres cajuns. Immense et menaçante, la créature surgie de la nuit, revenue d'entre les morts et vêtue de ténèbres, braquait une arme. Elle venait prendre des vies, prélever son tribut de sang.

Patsy sursauta, fit feu par réflexe. La vitrine explosa, dégringola dans un fracas terrible, comme un voile se déchire, et la forme était toujours là, derrière, bien réelle. Réelle et mortelle, quand elle arrosa l'intérieur du drugstore d'une rafale de P.-M.

Sonny Boy tenait le Sig MP 310 à deux mains, en avançant. Le chargeur de quarante coups permettait de voir grand, de gaspiller… Les projectiles de 9 mm Parabellum criblèrent les présentoirs, firent sauter les cannettes et gicler les conserves. Un envol de paquets crevés, de pots et de flacons troués, de bouteilles pulvérisées. Un feu d'artifice de haricots, piments et ketchup, arrosés de mauvais bourbon, d'alcool pour barbecue, de lait en boîte. Des gerbes de barres chocolatées, de cornflakes, de saucisses sous vide, de récurrents ménagers. Et, ensuite, retombant en pluie crépitante, une purée indigeste de débris, d'échardes et de tessons, qui badigeonna les murs et dégoulina du plafond. En tête de gondole, Patsy Ferraud s'était mangé une balle, puis une autre, et une troisième. Une indigestion de plomb. Sa cervelle en marmelade tapissait le rayon frais, sa tête détachée du tronc nageait dans la bouillie qui inondait le sol.

Un chargeur entier de quarante balles délivré sans respirer, jusqu'au clic du percuteur ponctuant l'assourdissante série de détonations... Sonny Boy, hautes bottes luisantes, pantalon et blouson de cuir noir, bijoux d'argent jetant dans l'obscurité des éclairs maléfiques, avait déclenché dans le drugstore Ferraud, le meilleur point de vente de dope de tout Uptown, un cataclysme digne de l'Enfer.

Debout dans l'encadrement de la porte, il ôta le chargeur vide et le balança dans le chaos. Répétant un geste gravé depuis sept ans dans sa mémoire, et il n'y avait personne pour attraper la corde, ce jour-là, dans le 9e ward...

Il éclata d'un rire énervé, en cherchant dans ses poches un chargeur neuf. Le pinceau de deux phares l'épingla sur le seuil, lui brûla le dos et la nuque. Il fit volte-face avec la vivacité d'un serpent et cligna des yeux, ébloui. La voiture venait de Washington Avenue et avait bifurqué droit vers lui, sans qu'il y prenne garde, accaparé qu'il était par les souvenirs. Ce n'étaient pas les flics, ils étaient occupés ailleurs... Le temps d'un appel de phares, il entrevit le SUV Volkswagen. Un Touareg noir...

Il jura entre ses dents et détourna la tête, plissant les paupières, le chargeur à la main... Tâtonnant pour l'enclencher, soudain fébrile parce que ce type-là, depuis l'épisode d'Industrial Canal, lui donnait des sueurs froides... Comment pouvait-il se trouver là ?

Le bruit d'une culasse qu'on arme se produisit à quelques pas sur sa droite. Pris de court, il pivota de nouveau, aussi vivement qu'un serpent, mais moins qu'il n'aurait fallu. Le passé obsédant avait émoussé son attention, la surprise mêlée de trouille engluait ses réflexes.

La silhouette qui surgit était maigre et coiffée d'un chapeau souple, un imperméable sans forme lui battait les mollets. Birdy braquait l'Ithaca sur la poitrine de Sonny Boy et ne lui laissa aucune chance de réarmer le Sig. Le coin de la bouche étiré dans un rictus, la lèvre retroussée sur l'affreuse cicatrice, Birdy fixait sa proie d'un regard dénué d'émotion. Son index pressa la détente et le fracas de la détonation couvrit un soupir trop longtemps contenu.

L'impact frappa Sonny Boy en pleine poitrine avec la violence d'un poing géant. Il recula, les yeux agrandis, l'expression incrédule et terrifiée. Il dérapa sur le carrelage, glissa et battit des bras. Un pantin désarticulé ! Un vampire d'opérette ! Mais le sang qui giclait de son torse déchiqueté et de sa bouche était bien celui d'un homme, nul besoin de lui arracher le cœur pour s'assurer qu'il ne reviendrait pas d'entre les morts…

Il traversa à reculons la moitié du drugstore, chancela, puis bascula en arrière et s'étala dans la flaque huileuse qui inondait le sol.

Personne cette fois ne lança de corde.

Birdy fit demi-tour et s'éloigna comme un automate. Au volant du Touareg, Bolan faisait marche arrière. Il s'arrêta derrière le Navigator, au débouché d'Eden Street. Descendit du VW et y monta.

— Fichons le camp ! dit Birdy en le rejoignant. C'est vraiment infect, ce cloaque…

Bolan inventoriait le contenu du vide-poches, côté conducteur. Des sirènes de police se firent entendre non loin de là. Il montra le Touareg à Birdy.

— Prends le volant et suis-moi…

— En enfer ?… plaisanta le Black en faisant disparaître l'Ithaca sous son imper.

— Pas encore… Dans un endroit peinard, en attendant.

De la direction opposée, leur parvinrent d'autres bruits de sirènes.

— Pas en ville, alors…

— Qu'est-ce que tu dirais du bayou Cataouatche ? suggéra l'Exécuteur.

Le toubib était passé, mais les effets bénéfiques de la piqûre semblaient s'être dissipés encore plus vite que d'habitude. Frank Malencon s'étranglait de nouveau de fureur en suivant les dernières nouvelles des chaînes d'info à propos de l'attaque de l'agence Misstravel Ferries. Un envoyé spécial qui faisait le pied de grue devant le siège de la Carswell Engineering Company émettait l'hypothèse que l'agence servait de paravent aux trafiquants de drogue, à l'insu d'Alan Carswell. Lequel avait réservé ses premières déclarations à Bob Taylor, du *Chronicle*, et joint ses avocats. Il ne laisserait pas accréditer l'idée d'être mêlé de près ou de loin à ce trafic.

En voyant Frankie s'échauffer au point de suffoquer, Rufus récupéra la télécommande et éteignit d'autorité le téléviseur. Malencon protesta, mais l'avis du toubib était formel, lui rappela le vieux serviteur :

— Tu dois te ménager et éviter les contrariétés, Frankie…

Il le disait sans rire…

— Sonny Boy n'a pas rappelé ? demanda Malencon un peu plus tard, quand il fut plus calme.

— Pas encore.

— Qu'est-ce qu'il fabrique ? S'il s'en prend à Patsy et le descend…

— Il est prévenu, assura Rufus, je lui ai laissé deux messages.

— Mais s'il ne revenait pas, ce soir ?

— Il sera là ! Il sait que Ragusa doit venir.

— Pas question qu'on soit en infériorité numérique ! Tu as fait le nécessaire ?

— Bien sûr, Frankie. J'ai battu le rappel des troupes…

— On a perdu tellement de monde, aujourd'hui…

— Il en reste, rassure-toi. La main-d'œuvre, c'est ce qui manque le moins…

Rufus avait révisé l'armurerie et passé des coups de fil, à des hommes parfois perdus de vue depuis des mois, et tout contents de venir faire le guet sur la route de Cataouatche, ou sécuriser les abords de la maison, pour quelques billets. La Nouvelle-Orléans regorgeait de braves soldats sans affectation, mais qui tous disposaient d'une arme personnelle…

— Qu'est-ce qu'on doit craindre ? avaient demandé les plus méfiants.

— Rien de particulier, répondait Rufus, c'est juste de la routine…

Il ne leur avait évidemment pas dit la vérité. Ni sur les peurs de Malencon, ni sur les pertes subies durant les dernières heures. Mais il ne se faisait pas d'illusions : Pitch et Speedy effacés du paysage, tout le monde dans Uptown et au faubourg Marigny devaient en faire des gorges chaudes. Sans compter Greg Salkowiack et les hommes du *Paulina*…

— La main-d'œuvre compétente, c'est autre chose ! reprit Malencon, toujours contrarié.

— Jimmy et Walter, ce ne sont pas les pires…

Malencon voulut bien l'admettre, d'un hochement de tête. Il demanda néanmoins :

— Il y en a qui ont refusé ?

Rufus n'hésita qu'une seconde à mentir :

— Personne ! Personne n'oserait, Frankie... Même Martin se serait fait la belle, mais ce soir, c'est soirée télé, en taule...

La plaisanterie dérida Malencon. Martin purgeait vingt ans pour meurtres aggravés. Quand il sortirait, il ne resterait plus de crevettes dans le bayou, avait-il pronostiqué ; ou alors elles auraient muté, avec toute la saloperie chimique qu'elles contenaient...

— Avec Martin, on aurait déjà résolu le problème, regretta Malencon d'un ton geignard. Le musico... Birdy, et l'autre salaud qui marche avec lui... Martin n'en aurait fait qu'une bouchée !

Ramon « El Chango » Guttierez était entré dans la pièce, silencieusement comme à son habitude, et Rufus surprit sa moue méprisante, tandis qu'il observait Malencon dans son vaste fauteuil, en train de gémir comme un vieillard. Un vieillard obèse aux poumons carbonisés. Il n'avait pourtant que quarante ans !

Sous le plaid qui couvrait ses genoux, malgré la chaleur régnant dans la pièce, ses doigts boudinés caressaient la crosse du Ruger .357 Magnum. Il demanda sans tourner la tête, dans un sabir mêlé de français :

— Le Singe ? Tu viens me montrer un de tes tours ?

Ramon fit semblant de n'avoir rien entendu.

— Evariste m'a prévenu, dit-il. Ragusa est en route.

— Combien de voitures ? questionna aussitôt Rufus.

— Deux. Un Pajero et un Chevy Suburban...

— Bourrés d'hommes ? souffla Malencon.

— Non. Trois plus deux ! Le Rital aime avoir ses aises…

— Il faut avertir Jimmy, au carrefour de Segnette, intervint Rufus.

— C'est fait, annonça le Mexicain. Il ne manque à l'appel que Sonny Boy… Si cet idiot a…

Une sonnerie de portable l'interrompit. C'était celui de Rufus, qui annonça avec soulagement, en voyant ce qui s'affichait à l'écran :

— C'est lui, justement ! Tout de même…

Il prit l'appel et se rembrunit aussitôt :

— Il a laissé un message…

Il pianota sur le clavier et une voix enregistrée annonça, amplifiée par le haut-parleur :

« Aujourd'hui 18 septembre 2005, Sonny Boy Barrow, 18 ans, domicilié 1245 North Prieur Street, dans le 9e ward, porté disparu depuis trois semaines, a été déclaré officiellement décédé par la commission du recensement des victimes de Katrina. »

C'était tout. Rufus regarda sans y croire son téléphone.

— Qu'est-ce que c'est que cette blague ? demanda Frank Malencon dans un souffle.

Personne n'avait la réponse. Personne n'eut envie de rire.

CHAPITRE XIII

Parmi le lot de portables appartenant à Sonny Boy trouvés dans le Lincoln Navigator, Birdy avait tout de suite repéré un modèle ancien, périmé.

— C'est celui de Lofty.

Il était descendu de voiture pour passer un appel avec. Bolan l'entendit dire d'une voix étranglée :

— Katie ? Non, ce n'est pas Lofty…

Il s'éloigna pour expliquer.

Bolan replia la coupure de presse vieille de sept ans que Sonny Boy conservait dans un porte-cartes écorné. Le portable qu'il avait utilisé pour appeler Gold Meadow, et laisser le message nécrologique, était quant à lui dernier cri. Comme les trois autres. Comme aussi le Sig 9mm Parabellum trouvé dans la boîte à gants. Quand il changeait de véhicule, Sonny Boy n'oubliait pas d'emporter l'essentiel.

Sa conversation avec Katie Brown terminée, Birdy vint à la portière du Lincoln et interrogea Bolan du regard. Ce dernier montra le portable :

— Sonny Boy a reçu des messages. Il y a une réunion

au sommet chez Malencon tout à l'heure, et on compte sur lui…

— Malencon et…

— Giacomo Ragusa, compléta Bolan. Compte tenu des pertes de la journée, ils ont rameuté les amis lointains, les perdus de vue… Ça va faire du monde dans le bayou.

Birdy scruta le paysage autour d'eux. Ils étaient arrêtés sur une aire de stationnement d'un parc en lisière des marais. La route menant au lac Cataouatche passait à cinquante yards, et c'était la seule. Le prochain carrefour, au bout du bayou Segnette, était à un mile. Plus loin, se trouvait l'embranchement de Gold Meadow.

— Il suffit de bloquer le carrefour de Segnette, et on rend impossible l'accès à la propriété de Malencon, résuma Birdy. Même au pire moment de la guerre des gangs de La Nouvelle-Orléans, personne n'est parvenu à déloger Frank de son repaire… Les flics s'y sont risqués, une fois, et on n'a jamais retrouvé une de leurs voitures. Les gars se sont égarés et sont tombés dans le marais. Quand le brouillard tombe, on ne se reconnaît pas soi-même, dans le bayou…

L'Exécuteur réfléchissait. Il avait un allié, et des armes, pour donner l'assaut à une troupe de porte-flingues. L'occasion était trop belle… Encore fallait-il atteindre la maison de Malencon…

Deux paires de phares apparurent au loin, en provenance de la bretelle d'accès au West Bank Expressway. Deux 4x4qui longèrent le parking où ils étaient eux-mêmes garés, hors de vue heureusement, même si les puissants phares du Suburban qui ouvrait la route faillirent les débusquer, dans la zone la plus obscure. Dans le sillage de l'imposant Chevrolet, le Pajero semblait bien modeste.

— Ragusa et ses hommes, commenta Birdy.

— Une escorte, pas une armée, estima Bolan en suivant des yeux les deux véhicules.

Ils parcoururent moins d'un mile et stoppèrent, à en juger par l'immobilité des phares.

— Le carrefour du bayou Segnette, indiqua Birdy, qui suivait lui aussi la progression des voitures.

Celles-ci repartirent. Une troisième paire de phares s'ajouta aux deux premières, durant quelques secondes, puis l'obscurité des arbres bordant la route les engloutit en un clin d'œil, et plus rien ne fut perceptible, dans la direction du lac Cataouatche.

Birdy jeta un regard à Bolan.

— Alors, soldat ? Un plan ?

— Une idée, répondit l'Exécuteur. Une seule route, c'est facile à surveiller et à défendre. Mais le bayou, le lac ?

Birdy considéra une seconde la suggestion, puis confia :

— J'y avais songé, au temps où j'envisageais un assaut contre la forteresse Malencon. Après, j'ai préféré m'attaquer à sa camelote. Détruire sa putain de drogue ! C'était plus à ma portée… Le bayou, c'est pas mon truc. Faut y être né…

Il croisa le regard bleu-gris de Bolan, et n'eut pas à s'interroger sur son degré de motivation.

— Pour tenter le coup, il faut un guide, dit-il.

— Il ne nous reste qu'à en trouver un…

Rufus répondit à un nouvel appel sur son portable, écouta son correspondant, ne prononça que quelques mots d'approbation puis raccrocha et expliqua aux personnes présentes :

— C'était Jimmy. Ils arrivent. Pas d'entourloupe... Ragusa et son lieutenant Carlotti dans le Suburban ; un nommé Luigi au volant. Derrière, deux hommes dans le Pajero. Joe Vandorn et, au volant, Charles Pierron.

Assis dos à la cheminée au bout de la grande table de bois massif, Frank Malencon se tenait droit et respirait avec application. Le dernier nom cité par Rufus lui fit lever la tête.

— Charles ? Il conduit pour les Ritals, maintenant ?

Rufus confirma d'un hochement de tête.

— Un Cajun comme Pierron... Finir avec Ragusa ! Pouah !

C'était à ce genre de détails que Rufus mesurait la difficulté de maintenir sur de bons rails la discussion à venir entre les deux caïds. Lui-même n'était pas sûr, d'ailleurs, de résister à l'envie de coller une balle dans la tête de Pierron, s'il le croisait... Pour lui apprendre à tourner casaque, après toute l'aide qu'on lui avait procurée durant son séjour derrière les barreaux...

Rufus devait toutefois reconnaître que Pierron n'était pas un cas unique. Heureusement, Ragusa n'avait pas poussé le bouchon trop loin, en venant accompagné d'autres Cajuns... Charles suffisait. Il connaissait le chemin, évidemment...

Enfreignant les consignes, Ramon « El Chango » Guttierez, à l'autre extrémité de la salle, avait allumé un mince cigare qu'il mâchonnait nerveusement. Derrière lui se tenait Luke, promu par la force des choses dans l'équipe des porte-flingues. Walter et un homme à lui, nommé Dave, arpentaient la terrasse, du côté de la route.

— Jimmy a assuré ses arrières ? demanda le Mexicain.

— Oui, personne ne les suivait. C'est O.K.

La tête de Malencon avait tendance à dodeliner, parce qu'à cette heure, avec les médicaments qu'il prenait, il lui arrivait de s'assoupir dans son fauteuil. Mais l'arrivée imminente de Giacomo Ragusa le tenait éveillé.

— On est presque deux fois plus qu'cux, pas vrai ? remarqua-t-il tout à coup. Venir à cinq, pas plus… Ragusa est condescendant, non ?

— Il s'agit de discuter, Frankie, réaffirma patiemment Rufus, pas de s'entretuer…

Malencon émit un grognement et fronça le nez pour humer l'odeur de tabac. Ramon Guttierez battit en retraite hors de la salle pour éviter une nouvelle scène de ménage avec Rufus… Son portable vibra alors qu'il contemplait les eaux noires du lac, au-dessus desquelles flottaient des écharpes de brume, certaines minces et torsadées comme des cordes de pendus… Il frissonna et se détourna pour répondre. La voix de Giacomo Ragusa lui causa un petit choc au creux de l'estomac.

— Tu as réfléchi à mon offre, « El Chango » ?

Guttierez ne répondit pas.

— Il te reste cinq petites minutes pour être vraiment aussi malin qu'on le prétend, poursuivit Ragusa d'une voix basse et rapide, pleine de stress et d'impatience. On est presque arrivés…

— Je n'ai pas la garantie des pontes de Juarez de pouvoir…

— Moi, je l'ai ! l'interrompit Ragusa, d'un ton tranchant.

Ce qui marche si mal avec le gros Cajun marchera très bien avec moi… Surtout si on fait équipe, tous les deux. Tes amis là-bas sont moins frileux que toi…

Un silence, puis il reprit :

— Combien d'hommes dans la baraque, Ramon ? En dehors de toi, bien sûr…

Il obtint le renseignement qu'il voulait et raccrocha.

Ramon « El Chango » fit les cent pas, avisa Luke, qui l'observait avec insistance.

— Quoi ? Qu'est-ce que tu fiches là ?

— Rufus m'a envoyé surveiller le lac, répondit le garçon.

— Ils arrivent de l'autre côté, imbécile ! Va rejoindre Walter !

Luke hésita, puis obéit. Le Mexicain n'aima guère le regard sournois qu'il lui jeta.

Ils avaient transféré le nécessaire du Touareg au Navigator et c'était Bolan qui conduisait. Ils franchirent sans encombre le carrefour Segnette, où plus personne n'était en faction, et prirent la route du lac. Sur une longue portion de route rectiligne, l'Exécuteur éteignit les phares et n'alluma que les veilleuses. Dans la nuit noire, les bras d'eau morte avaient la consistance d'une lave depuis longtemps fossilisée, les arbres en rangs serrés celle d'une muraille protectrice. Pourtant, ils progressaient. Avec prudence et discrétion. Bolan aurait préféré un moteur hybride, pour une approche silencieuse, mais Sonny Boy avait une préférence pour les V8 ronflants…

Ils atteignirent la bifurcation qui marquait l'entrée, signalée par deux grands panneaux, de Gold Meadow.

Bolan continua tout droit, vers le lac. Ils longèrent le bayou et la végétation moins dense, plus basse, leur donna l'impression d'y voir presque comme en plein jour. Au débouché de la route, face au lac, ils dénombrèrent une demi-douzaine de maisons de pêcheurs. Bolan s'engagea dans un chemin de terre, vers l'est, à l'écart, où s'apercevait une lumière. Le hameau, plongé dans l'ombre, paraissait déserté. Pourtant, quand la Lincoln s'arrêta, ils entendirent un chant. Une mélopée sourde filtrait de la maison en planches, flanquée d'un hangar où étaient garés un pick-up Dodge et une vieille Ford. Le chœur s'arrêta, reprit, accompagné par le lamento d'un harmonica.

— Ils veillent un mort, dit Birdy en frissonnant.

En descendant de voiture, Bolan vit un panneau de bois, au-dessus d'une boîte qui servait davantage d'abri aux oiseaux que de boîte aux lettres. Le nom gravé dessus était P. Trousseau. Les deux hommes se rejoignirent. Une musique de fanfare retentit. Trompette, cor, saxo… Une marche funèbre à la mode de La Nouvelle-Orléans. Sur un lecteur qui crachotait… Les gens réunis à l'intérieur de la baraque se mirent à chanter.

Ils entendirent néanmoins distinctement, dans leur dos, le bruit d'une culasse qu'on arme.

L'homme avait le visage raviné de larmes, mais ses mains ne tremblaient pas, sur la carabine automatique calibre .30 qu'il braquait sur eux. Il parut désorienté quand ils se retournèrent, puis sursauta en fixant Birdy.

— Charly Fraser, non ? Charly « Birdy » Fraser ?

Birdy opina. L'homme n'en revenait pas.

— Je t'ai entendu jouer plusieurs fois… au Pink Cat,

la dernière fois ! Phil Trousseau, j'habite ici... Qu'est-ce que tu fais là-dedans ? demanda-t-il brusquement en désignant la Lincoln du bout du canon. C'est une bagnole de Sonny Boy !

— Il est mort et on lui a piquée ! résuma Birdy.

L'homme dévisagea Bolan et abaissa le canon de l'Universal.

— Bon débarras ! Qu'ils crèvent tous ! cracha-t-il en regardant vers le lac. Ils ont descendu mon gamin.

— C'est pour lui, la veillée ? demanda Birdy.

— Oui. Pour Mike. La trompette, il aurait aimé... il...

Il fixa la bouche déformée de Birdy et secoua la tête. Son haleine sentait l'alcool et ses yeux ne brillaient pas que de larmes. Il ravala un sanglot.

— Vous avez un bateau ? demanda abruptement l'Exécuteur.

— Je sortirai même pêcher d'ici quatre ou cinq heures ! répliqua Trousseau en reniflant. Faut bien !

— Et une expédition sur le domaine de Malencon, avant, ça vous dirait ?

Phil Trousseau les regarda tour à tour. Il vit bâiller l'imper de Birdy, repéra l'Ithaca. Fixa ensuite le sac que portait Bolan. Imagina ce qu'il contenait. Il dit finalement en plissant les yeux :

— Une partie de chasse, alors, pour régler les comptes...

Après quoi, il leur fit signe de le suivre vers la rive et l'appontement.

Frank Malencon n'avait pas daigné se lever pour saluer son invité. Il ne voulait pas montrer à Giacomo Ragusa son état de faiblesse, sa difficulté à marcher et même à se tenir débout. Pour Ragusa, c'était une marque de mépris. Vincenzo Carlotti, les traits impassibles mais le regard noir, l'avait pris également ainsi. A présent qu'ils étaient assis côte à côte à la grande table que présidait Malencon, avec Rufus en face d'eux, ils s'étaient réfugiés dans un silence ombrageux. Malencon avait pris les devants, court-circuitant leur déclaration d'intentions : il ne voyait pas pourquoi il renégocierait avec Ragusa un arrangement qui satisfaisait tout le monde depuis plusieurs années…

Lèvres pincées, Rufus semblait embarrassé par l'agressivité de son boss, mais n'intervenait pas. D'un bout de la grande pièce à l'autre, les porte-flingues se jaugeaient avec des regards de biais. Ils étaient plus nombreux du côté Malencon, mais Joe Vandorn, une montagne de muscles qui savait tirer, en valait à lui tout seul deux ou trois… Le climat était glacial, malgré le feu qui crépitait dans la cheminée. On n'avait même pas suggéré de recourir aux trésors du bar, pour détendre l'atmosphère.

Lorsque Malencon eut l'air de s'assoupir, paupières mi-closes et triple menton avachi, Ragusa n'y tint plus.

— On dirait à t'entendre qu'il ne s'est rien passé aujourd'hui, Frank ! Tu as pourtant perdu un sacré paquet ! Combien de kilos ? Pour deux millions ? Plus ? Combien d'hommes, de matériel ? Sans parler du reste…

Malencon se redressa comme si un scorpion l'avait piqué.

— Qu'est-ce que tu en sais au juste ? Tu es au courant de tous les détails, toi ? répliqua-t-il d'une voix sifflante. Tu en sais plus que moi, peut-être ?

Ragusa se raidit contre le dossier de sa chaise, et Carlotti eut du mal à garder les mains sur la table. Rufus ne cessait de les surveiller. Vandorn n'attendait qu'un signe. Jimmy chuchota à un de ses hommes d'aller chercher Walter, qui patrouillait toujours dehors. Il n'aimait pas du tout la tournure de la discussion. Il s'attendait à un extra peinard, pas à une épreuve de force…

— Tout le monde en ville en sait autant que moi ! plaida Ragusa. Tout le monde se plaint de n'avoir pas été livré, malgré les belles promesses de Sonny Boy ! Il n'est pas là, Sonny Boy ? Il est passé où ? Les dealers sont à sec et les clients à cran !

— Tes vendeurs ne sont pas à sec, eux ? rétorqua le gros Cajun.

— Non ! Mais demain, je peux fournir tous tes grossistes. Avec de l'excellente camelote… Tu l'as goûtée ?

— Goûté quoi ?

— Patsy Ferraud ne t'a pas fait passer un échantillon ?… Lui aussi est dans la nature ? Comme Sonny Boy…

Le malentendu était patent. Ragusa se renfrogna. Carlotti cassa entre deux incisives le cure-dents qu'il torturait depuis son entrée dans la pièce.

— J'ai de la bolivienne excellente, reprit Ragusa d'une voix suave. Des quantités qui peuvent augmenter. Avec la filière de Juarez, on pourrait…

Il s'interrompit en voyant le visage bouffi de Malencon virer au cramoisi.

— Appelle le Mexicain ! souffla ce dernier, hors d'haleine, à Rufus.

Lequel hésita à se lever. Il n'aimait pas la crispation des doigts de Carlotti sur le bord de la table. Il ordonna en direction du groupe des porte-flingues, sans tourner la tête :

— Dites à Ramon de venir.

Il n'était pas bien loin, comme à son habitude. Il s'avança, un cigare éteint au coin de la bouche, s'arrêta à l'extrémité de la table, face à Malencon. Fixant celui-ci, il dit avec une insolence non dissimulée, en se rengorgeant :

— On a besoin de moi pour la filière de Juarez ? Une belle filière qui ne pose aucun problème… du moins jusqu'à la livraison, ici. Après, si ça se gâte, ce n'est pas ma faute.

Rufus eut un haut-le-corps devant tant de toupet, et Malencon en perdit le souffle. Il eut du mal à articuler :

— Tu lui en as parlé, Ramon ?

Son regard étréci à deux fentes désignait Ragusa. « El Chango » hésita à se mouiller davantage. Ragusa tenta de noyer le poisson :

— On pourrait étudier toutes les possibilités de développement de la filière. Monter en puissance…

Il parlait comme un homme d'affaires. Comme Alan Carswell… Malencon sentit le coup de poignard du mal qui le rongeait dans ses poumons à vif ; la réplique physique de la trahison qu'il lisait dans les yeux de Ramon Guttierez. La trahison pas encore consommée, mais déjà programmée.

— Juarez, c'est ma filière ! bredouilla-t-il.

Le plaid qui couvrait ses genoux tomba à terre, sa main surgit de sous la table. Elle pointait le Ruger .357 Magnum sur le Mexicain.

— Tu te crois trop malin, le Singe ! cracha Malencon, en pressant la détente.

Ramon Guttierez saisit sur ses reins son Astra .38 Special mais n'eut pas le temps d'en faire usage. Entre ses petits yeux sombres et rusés, un trou rond apparut. La balle en ressortant emporta la moitié arrière de son crâne, et il tomba après avoir tressauté sur place comme un pantin.

Jack et Walter, ainsi que leurs porte-flingues, en furent saisis. Un silence s'abattit dans la pièce, après le fracas de la détonation. Ragusa avait intimé d'un geste à Carlotti de ne pas bouger. Vandorn avait la main sur la crosse de son Colt Python. Rufus fixait Malencon avec une expression furieuse. Il dit en détachant les mots :

— Pas de ça, Frankie !

Malencon, l'espace d'un instant, en posant sur l'assemblée un regard triomphant, retrouva sa superbe passée. L'aura d'un caïd qui avait fait carrière à la force du poignet, et cessé jeune de manier les filets à crevettes, pour les remplacer par un .357 Magnum…

Ce fut très bref. La sonnerie du téléphone posé près de lui sur un guéridon dissipa l'illusion. Il voulut décrocher, tâtonna dans le vide, tout en braquant le Ruger et en surveillant les autres. Il appuya à l'aveuglette sur une touche et une voix, amplifiée par le haut-parleur, déclara d'un ton glacial :

— Je t'ai coûté cher aujourd'hui, Frankie… Une vraie fortune… Je n'en ai pas fini avec toi. Et puisque tu as des invités, tant pis pour eux…

On raccrocha. En voulant saisir l'appareil, Malencon le fit tomber par terre. Une onde de peur quasi superstitieuse traversa la grande salle. La température, on l'aurait juré, avait chuté de plusieurs degrés…

CHAPITRE XIV

Le chalut de Phil Trousseau dépassait la pointe Malencon, ainsi qu'on appelait l'embouchure du bayou dans le lac Cataouatche.

— C'est là que je les ai vus se débarrasser du corps, ce matin, dit le pêcheur à Birdy.

— Lofty, hein ?

Phil Trousseau hocha la tête.

— Luke, mon neveu, était avec eux. Je suis allé le voir pour lui dire ce que j'en pensais, de ses conneries... Et... ils sont venus cet après-midi... ils ont abattu Mike. Dans le hangar, comme un chien !

— Qui ?

— Je ne sais pas. Ils se valent tous ! Luke, peut-être, pour l'obliger à couper les ponts, à choisir définitivement leur camp...

— C'est dans leur manière d'agir, confirma Bolan en rempochant le portable de Sonny Boy.

Birdy et Trousseau l'avaient entendu appeler Gold Meadow, et annoncer son arrivée à Malencon. Comme s'il était seul. Ils échangèrent un regard, mais ne posèrent pas de question. Le désir de vengeance qu'ils partageaient n'incluait pas cet inconnu, et pourtant ils sentaient très clairement que, d'eux trois, il était le moins susceptible de renoncer. Le moins sensible aux aléas de la traque, de l'affrontement. Le moins vulnérable à la peur. La distance qui existait entre eux et lui était du coup un gouffre infranchissable.

Le bateau filait rapidement, longeant au plus près la rive obscure.

— Vous n'êtes pas obligé de me suivre, dit simplement l'Exécuteur en se préparant.

D'un geste de la main, Birdy et Trousseau signifièrent qu'ils le savaient, mais qu'ils étaient de la partie. Chacun avec ses raisons.

— Le bateau sera là pour repartir, ajouta le pêcheur en montrant l'appontement, en contrebas du gros chalet construit sur une portion de prairie s'avançant en promontoire.

Bolan repéra la galerie qui en faisait le tour, les portes-fenêtres donnant sur une vaste pièce au rez-de-chaussée. Puis les lumières de la maison s'éteignirent. Les occupants étaient prévenus, sur leur garde, mais aucune silhouette n'apparaissait de ce côté-ci de la maison. Ils guettaient l'arrivée d'une voiture, surveillaient la route…

Filant silencieusement sur son erre, le chalut vint cogner les piles garnies de pneus d'un ponton où était amarré un petit trawl.

— Malencon a d'autres bateaux, là-bas, dans la crique, indiqua Trousseau. Un ponton plus important et un hangar pour une vedette…

Bolan sauta à terre. Le visage noirci, un bonnet sur la tête. De son sac à dos, il avait également tiré un Heckler

& Koch MP5 à chargeur de quarante coups. Sélecteur réglé sur le tir en rafale. Il le portait en bandoulière. Mais il se fiait d'abord à son fidèle Beretta 93-R.

Birdy l'imita. Trousseau, après avoir lancé une corde et amarré son bateau, hésita. L'apparence et l'armement de Bolan l'impressionnaient, la perspective de s'attaquer à des porte-flingues trois fois plus nombreux qu'eux le paralysait, tout à coup.

— Je vous couvre, dit-il d'une voix mal assurée.

Bolan ne l'entendit pas. Il s'était élancé, dédaignant le chemin qui descendait du chalet en décrivant une large courbe, lui préférant une grimpette directe, sur la pente jalonnée de plusieurs marches en rondins.

Il se propulsa ainsi dans la cuvette au bord de laquelle le chalet était bâti. Plus grande qu'il ne l'avait imaginée, mais le chalet lui-même était très grand. D'un coup d'œil en arrière, il vit Birdy qui gravissait la pente comme lui, et Trousseau qui progressait sur le sentier, avec prudence...

Il s'avança et entendit des voix. Deux hommes dont il discerna bientôt les silhouettes exploraient les environs de la maison. Pas des familiers des lieux, à en juger par leurs hésitations. Ils s'arrêtèrent à bonne distance du bord de la cuvette.

— Je croyais avoir entendu du bruit, fit l'un.

— Là, en bas, c'est le lac, non ? supputa l'autre.

Ils firent demi-tour et le premier reprit :

— Malencon est fou, j'ai l'impression ! Malade et fou... Comment il a abattu le Mexicain...

Du coin de l'œil, Bolan vit Birdy émerger, se glisser dans la direction opposée à la sienne, se poster en position de tir. La cuvette était un bon endroit pour attirer les autres… Ils échangèrent un petit signe de la main. Chacun le sien, et que le tonnerre gronde !

L'Ithaca fit beaucoup plus de bruit que l'automatique, et aussi plus de dégâts, la balle rayée de calibre 12 causant des lésions internes dans un vaste périmètre. Mais un tir mortel de 9 mm dans l'arrière du crâne n'avait rien à lui envier, en terme d'efficacité. Les deux porte-flingues moururent avant d'avoir pu comparer leur malheur. Pas de jaloux, c'était la devise du jour ! La cible du Guerrier s'écroula face contre terre, son voisin voulut prendre son envol, bras écartés, projeté en avant par l'impact, et retomba lourdement deux pas plus loin.

Les deux cadavres, au milieu de la prairie, étaient repérables dans la clarté nacrée. Bolan se déplaça rapidement, contournant la zone pour ne pas être acculé dos à la pente. Une voix appela un dénommé Chris, n'obtint pas de réponse et cria plus fort, s'attirant, de l'autre côté de la maison, un reproche véhément :

— La ferme, Jimmy !

Mais ledit Jimmy s'était mis à courir. Il aperçut les deux formes étendues et ne put s'empêcher de prévenir les autres, d'une voix qui déraillait dans les aigus :

— Par ici ! Bon Dieu, c'est Chris et Dave ! Ils ont morflé !

Il stoppa, scruta les parages plus sombres, fixa Bolan sans le voir. Mais perçut sa présence, en même temps qu'il se traitait d'idiot. Le Beretta aboya deux fois, Jimmy ouvrit des yeux tout blancs et encaissa en pleine poitrine les deux ogives. Puis il chercha son souffle, chercha… En vain.

De l'autre côté de la cuvette, la réplique vint sous forme

d'une rafale de P.-M. Un essaim de frelons chuintants hacha les feuillages des arbres, griffa les troncs. La mort siffla aux oreilles de l'Exécuteur, brutale, stridente, déchirant l'air en quête d'une proie. Elle mordit le vide. Il avait plongé au sol, roulé sur lui-même et rampé, s'éjectant de la trajectoire, anticipant d'une fraction de seconde le mortel balayage.

A la fin de la rafale, ce fut l'Ithaca de Birdy qui tonna une nouvelle fois, ponctuant le solo du mitrailleur d'un rif de fusil assourdissant. Un cri retentit, suivi d'un bruit de chute, et un corps dégringola du haut du talus, scandé du cliquetis métallique d'un Skorpio rebondissant sur la pente. Birdy réarma. Trois détonations claquèrent. Il avait dévoilé sa position et un revolver tirait dans sa direction. Au bruit, Bolan identifia un .357 Magnum. Du genre sérieux…

Le silence qui tomba juste après sur la cuvette avait quelque chose d'irréel et de glaçant. Toujours en mouvement, l'Exécuteur courut dans l'herbe humide. Une voix pressante murmura quelque part, sans se rendre compte de l'écho qui l'amplifiait :

— Reviens, petit crétin ! Luke !…

Un bruit de course qui s'éloignait. La même voix énervée reprit :

— Tu l'as eu, Joe ?

Joe s'abstint de répondre. Il était prudent. Corpulent, aussi, et Bolan finit par distinguer sa silhouette. Une carrure de lutteur, bien assortie au Colt Python dont il ne gaspillait pas les balles.

— Je retourne là-bas, souffla la même voix haletante. C'est le moment d'en finir avec le gros Cajun !

Deux détonations se chevauchèrent. L'une, sèche et assourdie, provenait de la maison. La seconde émanait de l'Ithaca. Tonitruante. Le bavard qui remontait vers le chalet boula au sol comme un lapin, en gémissant. Birdy s'était déplacé et le tireur au Colt .357 Magnum repéra le départ du coup. Il fit feu aussitôt. En même temps que Bolan, auquel il venait de révéler sa position. Le Beretta délivra deux fois son message funèbre. Le destinataire le reçut cinq sur cinq et émit une plainte bruyante. Sans s'attarder au résultat, le Guerrier sprinta vers le chalet. Une autre arme se fit entendre. La carabine de Phil Trousseau, devina Bolan en priant pour que le pêcheur ne tire pas à l'aveuglette. Ce n'était pas le cas, il en eut la preuve quelques instants plus tard, quand un grondement de moteur malmené emplit la prairie. Un gros 4x4 s'éloignait sur le chemin desservant le chalet. La carabine récidiva. Le Chevrolet se mit à tanguer, zigzagua sur le chemin, puis fila tout droit percuter un arbre…

Au moment où Bolan atteignait la galerie, la lumière se ralluma dans le chalet, des tirs s'entrecroisèrent et il chancela, ressentant dans la cuisse un élancement de douleur. La balle n'avait fait que l'effleurer, mais une brûlure fulgurante le figea. Le Beretta tenu à deux mains, il vida le reste de son chargeur sur l'énorme silhouette qui s'extrayait en toussant d'un fauteuil.

Frank Malencon se dressa avec une lenteur de pachyderme, hors d'haleine et boursouflé. Il se plia en deux, comme pour mieux retenir les balles qui le criblaient et s'enfonçaient dans les replis graisseux de son corps. Une quinte rauque gonfla ses joues, congestionna son visage informe. Puis il s'abattit en avant, la face sur la table de négociation. Toute massive qu'elle fût, elle trembla. Il n'y avait plus personne de vivant autour…

Bolan parcourut la grande pièce en clopinant, le Heckler & Koch à la hanche. Le Mexicain surnommé « El Chango » gisait à un bout de la table, et un vieux Cajun, Mac 10 à la main, était tassé sur lui-même au bas d'un mur. Un dernier porte-flingue agonisait dans une mare de sang en travers du seuil. Un Cajun qui murmurait une supplique en français. Bolan l'enjamba et ressortit. Giacomo Ragusa avait pris la fuite mais n'était pas allé loin. Il reconnut sa silhouette aux cheveux argentés qui rampait hors du Suburban encastré dans un arbre. La portière conducteur était ouverte et un corps pendait à l'extérieur. Mais le caïd de la rive ouest réussit à se remettre debout…

La rafale du Heckler & Koch le fit réintégrer brutalement l'habitacle. Il se retrouva assis sur le siège, tressautant sous les impacts, face à un avenir qui se résuma à un vlouf brûlant, quand le réservoir transpercé par les balles explosa…

Le bayou bruissait du crépitement des flammes et, au loin, des premiers ululements des sirènes de police, quand Bolan regagna, par le sentier, l'appontement où le bateau de pêche était amarré.

Phil Trousseau était à bord, blême mais indemne. Il tenait en joue, avec sa carabine Universal, un garçon aux cheveux crépus et à la peau claire, qui jetait des regards paniqués autour de lui.

— C'est Luke…, dit Trousseau. Il croyait se barrer en douce…

Il interrogea Bolan du regard, avec un coup d'œil à sa cuisse ensanglantée.

— Juste une égratignure, le rassura l'Exécuteur.

— On sait les soigner, fit le pêcheur. Ce mal-là, par contre… y a pas de remède contre…, ajouta-t-il en désignant Luke.

Il se pencha et cracha au visage du jeune homme :

— Même pas capable de te battre au côté de tes salopards de potes ! Tirer sur Mike, c'était plus facile !

Il le frappa au visage avec le Glock qu'il lui avait confisqué. Luke se recroquevilla, la pommette en sang. Trousseau parut sur le point de lui tirer dessus, hésita et finit par balancer l'automatique dans le bayou. A cet instant apparut sur la pente une silhouette titubante, coiffée d'un chapeau souple et flottant dans un imperméable taché de sang, troué et brûlé à deux endroits. Elle dévala au bas du talus et s'écroula sur le ponton, aux pieds de Bolan.

Birdy avait toute la bouche figée dans un vilain rictus, la respiration irrégulière et sifflante. Le Colt Python .357 Magnum de Joe Vandorn l'avait mordu deux fois, à deux endroits qui ne laissaient aucun doute sur la gravité de ses blessures. Ils le relevèrent, l'aidèrent à monter à bord. Luke s'était fait oublier et tenta d'en profiter. Il bondit sur ses pieds et sauta sur le ponton. La lame d'un couteau brilla dans sa main. Bolan, d'une parade réflexe, la dévia. Elle frôla le flanc de Phil Trousseau. Son élan stoppé net, Luke sentit son poignet échapper à son contrôle, son bras replié tiré en arrière. Une poigne de fer guidait sa main armée, dirigeait le couteau. La lame, d'une secousse, avec une force irrésistible, s'enfonça entre ses côtes. Il ouvrit grand la bouche, incrédule. Ses yeux se révulsèrent, il s'amollit et glissa à terre. L'Exécuteur le lâcha et d'une poussée le fit basculer dans la boue de la berge.

Phil Trousseau déglutit bruyamment et dit d'une voix sans timbre :

— J'aurais pas eu le cran de le faire moi-même…

Puis il détacha le trawl et lança le moteur. Ils se rendirent compte alors que Birdy fixait le ciel d'un regard vide.

Parvenus à la jonction du lac Cataouatche et du bayou, ils soulevèrent son corps maigre enveloppé dans son imperméable trop grand, avec l'Ithaca calibre 12 fixée à la doublure. Ils le firent passer sans peine par-dessus bord et lâchèrent la dépouille. Elle glissa sans bruit dans les eaux noires, vite happée par les profondeurs. Le chapeau souple de Birdy dériva un instant à la surface, avant de disparaître.

Phil Trousseau dit en français une phrase que Bolan ne comprit pas, mais qui évoquait le festin des crevettes. Après quoi, il tira de sa poche un harmonica et joua un air de circonstance…

Mais le combat de Mack Bolan continue...

"Billie Jean is not my lover/She's just a girl who claims that I am the one..."

C'était le rituel : tous les jours après l'école, sur le chemin du retour, Susan Ballester glissait un CD dans le lecteur de son SUV Honda, et ses deux fils et elle s'égosillaient sur une chanson. Cette fois, c'était *Billie Jean* de Michael Jackson ; et comme toujours c'était un vrai massacre.

— *She says I am the one/But the kid is not my son...*

Bien attachés à l'arrière de la voiture, Tom et Allan y allaient de bon cœur, ravis comme elle de ce moment qui n'appartenait qu'à eux trois. Susan tourna dans Olive Street, où Steven et elle habitaient maintenant depuis dix ans, depuis la naissance d'Allan. Cela faisait un ou deux ans qu'ils pensaient à vendre pour aller s'installer dans un autre quartier de Providence, peut-être même une autre ville, mais le marché de l'immobilier était un peu compliqué en ce moment. Ils attendaient un meilleur moment et une belle opportunité pour se jeter à l'eau ; ils n'étaient pas pressés.

Au bout d'une centaine de mètres, Susan ralentit en même temps qu'elle mettait son clignotant, et elle tourna sur la droite ; elle s'engagea sur l'allée qui longeait le côté gauche de la maison. Avec ses belles proportions, ses trois niveaux, sa façade de bois et le porche à colonnes, elle était typique de Rhode Island. Bethoven, leur chien, devait déjà s'agiter derrière la porte d'entrée et aboyer comme un fou.

Ils attendirent la fin de la chanson, puis Susan coupa le contact de la voiture.

— Vous prenez vos cartables. Allan, n'oublie pas ta casquette, comme d'habitude.

Susan rejoignit l'allée d'ardoise qui coupait à travers l'un des deux carrés de verdure que Steven entretenait avec un soin maniaque, devant, et qui traçait un chemin jusqu'à la porte d'entrée. Elle fit quelques pas et s'immobilisa soudain.

La porte.

Elle était ouverte.

Elle l'avait évidemment fermée, en partant. Impossible qu'elle ait oublié. En plus d'elle, trois personnes seulement avaient les clés : Steven, sa mère et Sarah, qui venait faire le ménage et le repassage deux fois par semaine. Mais on était mardi, et Sarah ne venait pas le mardi. Bettie, la mère de Steven, était partie pour quinze jours en Floride. Quant à Steven, il assistait à un congrès médical à Denver et ne devait rentrer que le lendemain. Il était toujours possible qu'il soit rentré plus tôt que prévu, mais…

Susan préféra ne prendre aucun risque. Elle se retourna vers ses fils, qui traînaient des pieds en la rejoignant avec leurs gros cartables sur le dos. Elle aperçut Carrie, leur voisine, qui arrivait aussi chez elle avec ses deux enfants.

— Les garçons, allez prendre le goûter chez Bob et Camilla. Vous direz à Carrie que j'ai un problème urgent à régler.

Les garçons ne se firent pas prier. A chaque goûter ou presque, Carrie préparait toutes sortes de gâteaux dont ils profitaient de temps à autre.

Leur mère les suivit des yeux tandis qu'ils rebroussaient chemin et marchaient en direction de la maison voisine. Puis elle reporta son regard vers la porte. Peut-être devrait-elle tout de suite appeler la police…

Mais elle ne le fit pas et ce fut sa première erreur.

Lisez

Les enragés de Providence

en vente partout

le 8 octobre 2013

Achevé d'imprimer en septembre 2013

BRODARD & TAUPIN

La Flèche

— N° d'imprimeur : 70839 —
— N° d'éditeur : Ex. 309 —
Dépôt légal : octobre 2013.

Imprimé en France